U0602140

蔡测海◎著

JIA YUAN WAN SUI

# 家园万岁

深圳出版社

## 图书在版编目（CIP）数据

家园万岁 / 蔡测海著 . -- 深圳 : 深圳出版社，
2024.1
    ISBN 978-7-5507-3394-7

Ⅰ . ①家… Ⅱ . ①蔡… Ⅲ . ①长篇小说－中国－当代
Ⅳ . ① I247.5

中国国家版本馆 CIP 数据核字 (2023) 第 194644 号

# 家园万岁
JIAYUAN WANSUI

| | |
|---|---|
| 出 品 人 | 聂雄前 |
| 责任编辑 | 孙 艳 |
| 责任校对 | 黄海燕 |
| 责任技编 | 梁立新 |
| 封面设计 | 花间鹿行 |

| | |
|---|---|
| 出版发行 | 深圳出版社 |
| 地 址 | 深圳市彩田南路海天综合大厦（518033） |
| 网 址 | www.htph.com.cn |
| 订购电话 | 0755-83460239（邮购、团购） |
| 设计制作 | 深圳市龙瀚文化传播有限公司 0755-33133493 |
| 印 刷 | 深圳市华信图文印务有限公司 |
| 开 本 | 889mm×1194mm 1/32 |
| 印 张 | 9.5 |
| 字 数 | 164 千 |
| 版 次 | 2024 年 1 月第 1 版 |
| 印 次 | 2024 年 1 月第 1 次 |
| 定 价 | 36.00 元 |

**版权所有，侵权必究**。凡有印装质量问题，我社负责调换。
法律顾问：苑景会律师 502039234@qq.com

# 代序
# 同窗夜话

是夜，茶香。同窗老友，聂震宁、赵本夫、蔡测海得以一聚，拿书稿《家园万岁》说话。

**蔡测海:** 在我的长篇小说《非常良民陈次包》出版以后，《大家》杂志的几位编辑朋友以及读者给了我鼓励和信心，还有一些年轻学者给我那本书一些精彩的评论，丰富了我的文学思想，我想再写一本书，也就只写这一本书吧。写完了这一本书，我就去过一个正常人的生活。想事做事不写事。做一般意义的社会角色，生气、愤怒、开怀大笑或者胆怯。怕老婆、怕女儿、怕保姆、怕那些真正可怕的人。于是我就寻找一些我不怕的人，借他们壮胆。于是，我写了这本书，善政，良民。好山，好水，好土地，好庄稼。好人，好事，好言，好语，好岁月。人之初，性本善。善意是从娘肚子里带出来的。我说过马克思的哲学是善的哲学，共产主义社会是不是大善的社会? 我们讲上善若水，讲观音菩萨、儒道释，也是大善。《圣经》讲善，孟子认为人性生来是善的。人人友善，相依为邻，地球上就好住了。

这本书写成，历时六年。其实，经历的时间还要长，这本书是我从娘胎里带出来的，这善意，是父母给的，这是一次善意的写作。后来的回忆和思考，是少时的乡村生活，青年时代的省城生活，京城生活，读书和游历，得师得友，认人识事，给我添上许多文字。做好一件事情，除了个人的意志和能力，还要一些别的东西。像一粒种子，要好地好气候才能长成生命一样。

这本书写完了，自信是一回事，到底是不是一回事？自信可能成功，也可是能力达到极限的表现。有创造力的东西，就有生命力。古今中外的好书都是好的例子。一本好书，一首好诗，本身也是创造力。书稿完成后很长时间我一直将它放在写字台上。第一页已经变黄，落满灰尘。我见《十月》杂志的顾建平、中国青年出版社的龙冬、《花城》杂志的田瑛，他们都是老友，我说我写了一本什么书，他们说拿来吧。我还没敢就拿来，怕我的书稿陷害他们成为平庸的编辑，也怕他们打击我的信心。这些兄弟，从来不会对朋友手下留情。我想先找人看看。找谁呢？我想起那年在上海，把我的小说《非常良民陈次包》送给马原、陈村，还有一本留给王安忆。他们都是我敬佩的好作家、好义友。马原兄拿到我的书没说拜读，只说你老兄还在写书呀。如果我那时跳了黄浦江，或者就此罢笔，马原兄还是要负全部责任的。我的子孙后代一定要追查这次事故。

我想到我在中国文学讲习所、鲁迅文学院、北大作家班的两位同窗好友，北京的聂震宁，南京的赵本夫。聂震宁做过人民文学出版社社长兼总编辑、中国出版集团总裁，编过书，也写书。赵本夫写过《卖驴》《天下无贼》，写过很多好小说。同门师兄弟，高低不怕出丑。借人慧眼，是珠是砂，也可帮助炼一炼。

**聂震宁**：测海一直是位有人文情怀的作家，精神至上主义者。你写的基本上是中国乡土政治文化小说，且充满善意与平和。你不喜欢矛盾冲突，因为你没有长刺的灵魂。你也不设计大起大落的故事情节，你娓娓道来，行云流水，从善如流，决定了你的语言和叙事。你出语不伤人，叙事不伤心。你完全靠语言和诗意把小说写下去，也让人读下去。在文讲所时，我写过一篇小说叫《长乐》，你在《文艺报》写过评论，后来由《小说选刊》选载这篇小说。这篇小说是把小说写成诗。我们一定要相信人的心灵的诗化能力。《红楼梦》写一堆儿女情事，宦海野史，世间杂事。它的禅精神，诗意境，才让人百读不厌。什么是意味？意味就是人的心灵的诗化过程。

**赵本夫**：测海总是像个大孩子。他有一双天真的眼睛，看世界、看中国、看乡土、看社会生活、看政治、看世事、看人。这世界被他看成童话、看成寓言。他也是一位敢担当有责任的好作家。很重的东西，他也是一颗童心承受。他总是会有一些忧伤，有一些焦虑。他的灵魂，有些像《边城》里的那个翠翠。他的背景，也简单得只有一条船、一条河。

**蔡测海**：当年邓刚对我说了一句很经典的话，他说蔡测海，你的感情是没提炼过的，质量不够呢！我深以为然。邓刚的灵魂是海水经久浸泡过的，他才能说出这句话来。我没有邓刚的灵魂。我的灵魂像故乡山林里的锦鸡，胆怯，被吓怕了。我的灵魂是吃野草上的露水的，很脆弱，风吹会掉，日晒会干。所以，我要花草和树林，要友谊和爱，要善意和安宁。我要那样一个家园，一个不受侵害的地方。这是我的生活前提。

**赵本夫**：其实，无所谓强弱。强者弱者，都有个限量。看动物世界，非洲大草原的狮子、秃鹰是强者，斑马跑得快，鱼游得快，老鼠会打洞，强者也无能为力。强者弱者其实都装在时间这只笼子里，到时候就完蛋了。

聂震宁：所以，最后要留下的，该是善意。本夫的《天下无贼》不也是写善意吗？善是一种很大的力量。作家要有善意和责任心，对自己对社会负责。中国作家除了公民身份，还有一个身份，就是作家协会会员。你信誓旦旦地加入作家协会，也还要对这个会员组织负责。在没有善意的地方会有罪恶，没有责任心的地方会出事故。在很多时候，很多地方，缺少足够的善意和责任心，只讲利益，不讲责任。要求社会和他人善待自己，也就要善待社会和他人，还要善待环境。美国总统说要取消遗产税，带头反对这项政策的是美国几位大富豪，比尔·盖茨、索罗斯。交遗产税是公益，不交遗产税他们是最大的利益获得者。在选择责任和利益的时候，他们选择责任。我们中华民族，是最有责任感的民族。国家兴亡，匹夫有责。测海的写作，有他一盘的写作思想。什么是思想？思想就是提出问题和回答问题。他的《家园万岁》，回答的是善意和责任的问题。他很好地继承了楚文化、湖湘文化的传统。他的写作，让他成为一位出色的南方作家。

赵本夫：测海在《家园万岁》中的写作表现，善解历史，善解人意。善意也是责任心。他对历史的关怀、对生存的关怀，是让人有大感动的关怀。当然，他不是写史，也不是写论，他是在写小说。他有小说才华，也有扎实的中国小说功夫，中国式的小说语言和文化精神。他把人的活动细节当成历史的细节，个人活动史成为历史的活动。他从小处往大处写，从最低往最高处写。他的书里没有大奸大恶，他温情脉脉地讲故事。他也不回避丑恶。他如前人写《封神榜》要丑恶也化正果，让世界复原它本来的秩序，消弭仇恨与丑恶。

**蔡测海:** 写作是净化灵魂的过程。一次全身心的写作，能让生命得到升华，有愉悦和愉悦之后的宁静。反省自己，才能反思历史。灵魂忏悔，才知人间善恶。我们总是在苦难中寻找幸福，建设幸福，建设我们所栖居的地方。天灾或人祸，是扎进我们脚板心的刺，我们把它挑出来，再走路。历史从来不为魔鬼铺路，只让好人前行。比方说"文化大革命"，我们的国家，我们的民族，遭到严重的挫折和损失不是也挺过来了吗? 索尔仁尼琴对他们的总统普京说：我们俄罗斯民族有一种伟大精神，每每在民族存亡的时候，拯救俄罗斯的，不是飞机大炮核炸弹，而是伟大的俄罗斯精神。我们中华民族也靠伟大的民族精神，几千年文明史，生机勃勃，我们的精神就是善与责任。

**聂震宁:** 测海作为作家，还作为社会人，他有一种草民情怀和国家情怀、民族情怀。他爱而且忠诚。

赵本夫：他还是一个乐观主义者。

蔡测海：我和我们的新中国一起长大。我对我们国家的人民、管理者和领导者都很熟悉。因为熟悉，我就有热爱和信心。我总有梦想和希望。所以，我能够写《家园万岁》这样一本书。我深以为：好官加好老百姓等于好社会，善政加良民等于好政治。我这个思想，可能是官法社会的流毒，不先进。但是，我就教于两位学长，任何一种好的社会制度，好的制度设计，都是靠人来实行的。比方法律的执行，好法官公平执法，坏法官枉法，法律社会就失去了它的合法性。我比较喜欢尧舜，热爱圣贤。好人治国，好人执政。

聂震宁：这涉及以法治国和以德治国的问题。以法治标，以德治本。

赵本夫：测海老弟，你会做官吗？你不会，所以，你胡扯淡。你只能写小说，写小说可以胡扯淡。

蔡测海：是呵是呵。等我老了，我去办学校，学王阳明，带一帮弟子。

**聂震宁：**在北大读书时，你连"湖南人"这三个字的发音都读不准，你怎么能讲学？

三人大笑。

笑一笑，十年少。我和我们的国家、我们的民族，正年轻。

# 目录

有一种游戏，叫作回来。

把一件事物从手中扔出去，穿过空间，当然，也同时穿过时间，然后再回到自己的手里，你把它捉住，再扔出去，再回来。每一次的时间都不会太长，距离也不会太远。你操作这件事物，如同操控了时间和空间。这样的娱乐，让人产生快感。

这个游戏也叫作自由。一种感官的自由。我们以为自由一般都是感官上的，如鱼得水，如鸟展翅。

我们想出这样一个游戏，叫作回来。

这个游戏在三川半一带很流行。三川半那个叫赵常的人，从小就会玩这个游戏。会玩这个游戏的人活得长。玩久了，你也像一件事物，扔出去，又回来，从快乐到厌倦。

人喜欢年轻，老了不好。喜欢青春的颜色，和味道。有些男人好色，我不怪他。有些女人也好色，我不恨她。说自古英雄爱美人，又说自古嫦娥爱少年。这里头的秘密，是因为爱青春。

三川半的人容易老。女人十五岁生孩子，三十岁做祖母，六十岁就成了保家仙菩萨。

三川半的人也有长寿的，比方说赵常。

赵常从一个游戏想到另一个游戏。他写了一封信，贴上大龙邮票，那时候，还使用这种邮票。大龙邮票在那个时候是普通邮票，却是后来的集邮爱好者的稀罕物。

赵常把信装在信封里，又抽出来看了一遍，是他的小楷，颜体。这样检查一遍他很放心，能保证不会让人掉包。

他贴上一枚大龙邮票，然后交给信使。

他要把这封信寄给另一个叫作赵常的人，寄到另外一处叫作三川半的地方。

他写道：

> 亲爱的赵常阁下，亲与阁下，或素不相识，却都是同年同月同时辰出生。
>
> 阁下收到这封信，请勿见怪，余无意添劳阁下，只是好说。
>
> 阁下……

赵常把信交给信使，很快就忘了。很多事情，要忘了才好。

这封信要走多远多久才会让赵常收到呢？信使上哪里去找另一处三川半和另一个赵常呢？

有的游戏要花很长时间才能完成，这是一种漫长的快乐。要老挂在心上就不好玩了。

赵常就这样把一件事忘了。他要做很多事。在三川半搞事，把自己搞成一个人物。

在后来的某一天，赵常躺在他当年和刘艺凤做爱的那块石板上，看天上的流云。信使来了，交给他一封信。

*亲爱的阁下……亲与阁下……*

颜体字。小楷。

起航日期是，大清某帝某年。又记，辛亥年，某月某日。

赵常亲启。

他忘记了许多事物。

流云。很简单。

记忆，总是杂乱无章。


## 一 玩的、用的和展品


自从有了人，这世界上搞出两大发明，做出两样东西，一样东西是用的，一样东西是玩的。中国人搞出四大发明，一是造纸术，二是火药，三是指南针，四是活字印刷术。这四样东西，又好玩，又好用。纸为了写诗绘画。火药做爆竹、烟花。印刷术可记故事。指南针又叫罗盘，阴阳先生看阳地阴地。这四大发明，也是为了用和玩，也可归属于人类的两大发明当中。

三川半是个地名。取这个名字也好玩，傍了四川这个名字，叫作三川半。三川半也好玩，劳作傍游戏。

这些三川半的少年，摘树叶当战船，把虫蚁当战将。这些树叶做的战船都有国家的名字：米国，面国，豆子国，红苕国……它们在大河里开战。

是战争也是游戏，好玩。如果是真正的战争，就玩得大，把人类的发明全用上。

赵岩堤的少年时代不好玩。少年的时代不好玩，但是哪个少年不爱玩？

赵岩堤跳进大河，拼命地游，游过大海，游到另一个国家。

他听到身后在喊，抓住他！他跑了！

他不知道，这不是玩，这叫叛国，一个国家在追捕他。

岩堤——赵岩堤——回来！三川半有人喊他。是爷爷，还是老爹？

## 二　他的姓名成为谋杀

艾迪——艾迪——艾迪！把一个三川半人叫成外国人的名字，多少有些谋杀的味道。

他今天不开那辆黄色跑车，连地铁也不乘。他本来想租一辆自行车，像在北京那样，在太平洋那边到处跑。如果用力，轮子就转得飞快，像哪吒脚下的风火轮。他依稀记得那个神话。他幻想成为哪吒。他一点也不想自己是艾迪。人从出世那天起，就不断获得力量，又不断渴望力量，就像人制造了神话，又不断被神话引诱。

他今天突然讨厌所有的轮子，逃避所有的轮子。他在纽约大街上走过一个街区又一个街区。他来到第十三街区。为什么要有十三街区？十三，是西方人，确切地说，是基督教徒、天主教徒都忌讳的数字。这或许只是中国人的猜想。中国的许多大酒店，没有十三这个楼层，电梯里没有十三这个数字。你误以为，十二层以上全是悬着的空中楼阁。十三层楼，像一副扑克牌中的一张牌，被抽掉了。其实，只偷走一个数字，并没抽走一层楼。数字给人一种错觉，给人数字上的快慰和满足。中国的许多大酒店都有这种习俗。这习俗，

5

不是一百多年前的传教士带来的。传教士们一般不住那么高的楼层。这习俗，是后来的商业活动中形成的。开酒店的，不愿十三层楼空着。十三层楼房需要人住，需要有人在一溜房间睡觉。这些房间一样可以密谈，可以做爱，只要没有臭虫，这些房间同别的楼层的房间真的没什么不同。

老爷子，也就是爷爷，讲过鸦片的事，中国人对鸦片开战。八国联军、义和团、太后娘娘……鸦片屡禁不止。十三习俗、艾滋病，都很难禁止……比较好禁止的是燃放鞭炮……

他在纽约的第十三街区走着。他看到了好莱坞电影大片的一个场景。有了好莱坞大片，全世界都知道纽约，知道纽约十三街。全世界的人都来到纽约。欧洲人、中东人、印度人、日本人、韩国人、俄罗斯人、非洲人、澳大利亚人……所有种族，在纽约摆出一张脸。

他走着，一张中国人的国字脸。也许还有别的中国人，他不知道他们都是谁。

艾迪——一位金发碧眼的妙龄女郎叫他。她是俄罗斯贵族的后裔，高贵的俄罗斯血统。纽约女孩的流行色。她比时下任何一位好莱坞当红女星更耀眼，在纽约的大街上，她是无与伦比的。现在你还不知道她的名字，将来她的名字一定会吓你一跳！她的英文名字叫芭比。时装模特儿，她想当明星。只是制片商、导演、编剧们，没有一个人那么幸运地遇上她。

艾迪——

他的名字来自维他命药丸，维生素 AD。缺钙，于是老吃这种叫 AD 的药丸。后来，就叫 AD，他现在在因特网上仍使用这个名字。

人的名字其实同商品的名字一样。取个名字叫起来方便。人一有了名字，就再不是自己了。名字是对人的谋杀。他正在琢磨这件事儿。名字是对人的谋杀。

在某一天，他琢磨的是另一件事儿，他要把老爷子——爷爷弄到纽约来。老爷子一百岁还是一百五十岁？他不知道。他一直那么老也不见得更老一些。有些人，有些事物，很老，不见得再老。比方中国的长城、故宫，比方非洲的金字塔，比方欧洲的哥特式建筑……山与河流、太阳和行星，就更不用说了。

老爷子上了飞机，兴奋得不得了。他一生都想腾空而起，他终于腾空而起了。他还能吃纽约的牛排。你信不信？他很快会开汽车。但是他不能有驾照。有关管理部门查看了所有文件，给一百岁以上的人发驾照毫无依据，尽管是艾迪的爷爷。尽管他的身子还像五十岁的男人。老人去美利坚合众国的签证很顺利。签证官笑嘻嘻的。一百多岁的人，像一件珍贵文物走私到美利坚那还不合算吗？是美利坚的福气！签证官用英语咕噜了一句，陪同老爷子的张亚林博士还了一句：

你这八国联军的后代鬼子！

他们都笑了。一笑泯恩仇的样子。

爷爷是一百多年的东方，他于是把一百多年的东方空运到了美利坚，像一件展品。老爷子的年纪差不多是美利坚的年纪。他一降落，美利坚就成了他的孙子。他是一件展品。

艾迪——

他看到了无与伦比的美丽。纽约因此一亮。

芭比——我正到处找你，我的东方艺术展你一定去。他们都来，有音乐家谭盾、画家陈逸飞，有李大使、阿城，还有洛德和他的夫人包柏漪……还有克林顿和他女儿。

艾迪，我一定来。老爷子呢？你现在不为国防部做事了，你成为一名艺术家，你是个和平人士了，老爷子一定会高兴。美国的武器已经很多了，你还帮他们造武器？

艾迪说，我是科学家。科学家也是艺术家。

芭比说，如果杀人也是行为艺术的话。

艾迪说，你看，我已经立地成佛了，新总统说要消除核武器，美国也要立地成佛了。芭比说，要是那样，我会像爱你一样爱美国，为你生个儿子，为美国生个小公民。

老爷子真的回去了。

他这样告诉艾迪，你这儿好远，我一点也不喜欢。你这儿比我们那儿好，但我要回去。

老爷子真的回去了。

你的名叫岩堤。姓赵。中国《百家姓》中的第一个姓氏。

你叫赵岩堤。你，你爷爷，都是一件展品。


## 三　赵常

其实，一个人要姓赵是很容易的。以后要做妈的那个女人嫁给姓赵的人家，生的儿子就一定姓赵。信不信？那小子不姓赵就是个野种。野种生在赵家也要姓赵。不是赵家的骨肉也要姓赵，入姓赵的户籍、族籍。姓赵，也不一定就是皇族。赵匡胤一户人发下来的人不多。赵匡胤也不是第一个姓赵，他从父姓，先有父亲，后有儿子。父亲还有父亲。赵姓不是皇姓。三皇五帝，不算赵匡胤。若说赵姓为春秋时代赵国人的后人，也不确切。在普陀寺观音菩萨的金像前方的海里有一块礁石，上边刻有一赵姓名字，文字为古方字，状若甲骨文。此名应为最早的赵姓名氏。后来海水浸蚀，文字已不存，便无可考。要考，也只有问观音菩萨了。

好在中国有一本小书《百家姓》，赵字为首，这也是编书人信手拈来，并不以皇姓为序。黄帝炎帝不姓赵，把秦始皇拉去姓赵，这实在好笑。赵钱孙李，钱孙两姓并无皇帝。李氏后来出了皇帝出了诗人，但排序第四。《百家姓》实为中国一本奇书，一本信手拈来为百姓大众所用的书，与皇权无关，至少不单为皇家专有。皇帝要杀著书人容易，杀天下百姓难。《百家姓》——老百姓。《百家姓》能与"四书""五经"比肩，当为奇书。

先有姓，后有族。一个人姓赵不难，难的是千秋万代姓赵。

是年甲子，硕鼠当道。国走盗运，十库九空。民走饥运，田开坼，地成灰，禾半枯焦，心若汤煮。大旱一百二十多天。小端午节后，直到中秋节，农历五月、六月、七月、八月十五，天无一滴雨。

盛传，人将遭劫。天降三天棉花，三天油，再降三天火。人避无可避。

女人肚子一天天大起来。男人能寻到的好东西都给她吃，嫩树叶、青草、葛根、蕨根。吃观音土，一种白色的糯米泥。男人说，吃这个禁饿。吃进去拉不出，女人肚子就更大。吃蛇、吃老鼠、吃地牛、吃蜈蚣，吃最怕吃的。男人说，有素有荤，这日子不难过呀！女人挺着肚子，能吃进去的她全吃，吃了不死，她要躲过一劫，她要生下这孩子。这孩子不知道外边天旱，不知道这世界正艰难。这孩子在娘肚子里正闹腾，拳脚踢打。女人对男人说，是个儿子。他踢打，闹得你不能睡觉，他在踢打江山呢！这崽生出来，必定是个乱世英雄。昨晚我做了个梦，见了彭公作主，问老官人、田好汉，他们在那儿开会，商量下雨的事儿，派了个勤务兵骑了马飞上天，要请雷公吃饭，雷公请来了，尖嘴，像公鸡。都吃些什么呀？鸡鸭鱼肉十大碗，十坛子苞谷烧。雷公不吃鸡，一桌酒饭就这样把雷公神得罪了，雷公暴吼了一声，驾了闪电上天去了。后头来了个红脸黑胡子的美男，拖了大马刀，这是关老爷，关老爷后头又有一个童子。这童子是哪个？是我们的崽呢！我们的崽也驾了闪电去追雷公神，关老爷喊他不住。我们的崽在天上大喊——雷公老爷，给我下雨！

甲子那年，男人和女人开发了许多食物，后来的食客和厨师们没见识过那些食谱。甲子年食谱记着人想方设法能吃的那些东西。那些东西大大提高了人对食物的想象力。人总是设置一些底线，吃什么，做什么，忍受什么，人在靠底线的地方停下来，长期生活。灾难把人赶出底线，人们又会为自己画一条底线。地平线是能看见的，但它不存在，它总是在前面的前面。生存的底线也不存在，它是可想象的，它总在后边的后边。战争的底线、政治的底线、爱情的底线、道德的底线……都是不存在的。生命有极限，它的承受是无极限的。

女人挺着肚子，那年，看不见任何一朵花会变成果实，女人能怀孕是个奇迹。有什么比女人更耐旱呢? 女人比江河更耐旱，她总是温润，能让种子发芽，她能孕育生命。

那年，男人是疯狂的，那金戈铁马、文治武功，全都派不上用场。吃人肉、卖儿女，都是男人最先拿主意，道德的底线是男人设置的，然后再轻易地毁了它。男人不断获得力量以后，于是喜怒无常，于是疯狂。男人只对太阳谦卑，笑嘻嘻地。向太阳讨一个好季节，一个好天气，一个丰年。男人痴迷太阳，夸父追日，他朝东方跑，过了正午，他发现太阳在西边，他又朝西边跑。夸父追太阳，他总是会在一天的路程中来回奔跑。说夸父追太阳一直追到东海边，这是反逻辑的。夸父最后死在一天的正午，烈日当头。夸父疯了，以为入日。

女人要一些食物，还要水。男人下到一口天坑里去找水。地下有阴河，阴河不怕旱。下了那口天坑可以舀到阴河水。天坑的石壁上有一条路，是猴子们踩出来的。天大旱，猴子找到了这处喝水的地方，它们把石壁走成了路。人跟着发现了这处喝水的地方，猴路变成人路。天不灭人，人就能活下去，老天给人一条阴河。要不，一切都在甲子年结束了。凡是能走能爬的，都下天坑喝水。老鸦、斑鸠、野雉、猴、麂子、獐子、蛇、蜈蚣、老鼠……

男人下天坑舀阴河水，离毒蛇很近是经常的事。只有一次碰上一头喝水的豹子。豹子离他很近。他瞪着豹子，豹子瞪着他，对峙了很久。他想用水瓢把豹子打死，背回去给女人吃豹肉。男人只剩下舀半瓢水的力气，他打不死豹子，女人吃不上豹子肉，这让他懊恼不已。他要是能指挥那些毒蛇，就让它们咬死豹子。毒蛇只要喝水，不去攻击豹子。男人用扁桶背着水，攀上天坑。一路回家，一路想那头豹子。

他舀了一瓢冷水给女人喝。女人喝完一瓢，还要。

男人说，等你生崽的时候，我给你喝绿豆稀饭。

女人很惊讶。他怎么也知道那一处秘密？那是山村中的一处浅荒地，野猪拱出了一块土，野猪粪里的绿豆种子生出了一些绿豆苗。它们开花，结荚。女人在山林里找蘑菇发现了绿豆苗，她经常守护，怕野物吃了它们。绿豆结荚了。绿豆荚像女人的肚子一样，一天天饱满起来。等孩子生下来，她就能喝绿豆汤。绿豆汤会成乳汁。那个时候，乳房就不会这么扁，这么像一片干树叶贴在胸脯上。一呼吸两片干树叶一抖一抖像要飘落，女人正为枯叶般的乳房发愁。

男人姓彭，女人姓田。土家人的两个大姓。男人其实不姓彭，姓赵，他后来改姓彭。不是他妈改嫁，是他自己改姓。他本来是个流官，朝廷委派的命官。他的使命是来改土归流，把土著人变成皇帝的子民。他后来成了田氏女子的俘虏，为了爱，也为了抹掉仇恨的血迹，他改姓彭。

女人要生了，她觉得有一件大事要发生了。那天，男人下天坑背水去了。她挎了竹篮，去那处保护了多时的秘密的绿豆地，要把成熟了的绿豆摘回来煮汤。一边摘绿豆，血一边顺着腿流下来。她撑到一块大青石板上，生了孩子，男孩。

男孩不哭，他后来也不哭。这不哭的孩子叫赵常。都知道赵常这个名字的时候，是后来的事。

女人提着篮子，抱着婴儿，一路上，婴儿没哭一声。到了家里，女人用剪刀剪了婴儿连在胎盘上的脐带，给婴儿洗了澡，婴儿一直不哭。婴儿不哭，他的肺叶就不能张开，不能呼吸。婴儿这么久不能不呼吸。他正呼吸着，他不哭。

女人剥了半碗绿豆，煮出一罐子汤。男人背水回来，他往缸里倒水的时候，听见扑通扑通直响，一只大石蛙在缸里直扑腾，男人不知道他从阴河里舀起了一只石蛙。他从缸里捉了石蛙，做了石蛙汤，跟鸡汤一样美。

女人总算有了奶水。

就在那个晚上，下了一场雷雨，又连着下了几天小雨。庄稼不会再长，草和树叶长出来了。

男人给小男孩取了个名字，叫彭树皮。

满月了，女人带小孩到庙里拜观音菩萨。庙里的老尼姑

（观音是佛道两家都供的）问女人，孩子叫什么名字？女人说，他爹给取个名字叫彭树皮。老尼姑说，这孩子本来姓赵，他爹姓赵呢！我知道谁是谁呢。这孩子就叫赵常吧。这名字好，长命百岁呢！老尼姑念了一会儿经，拿出一本书递给女人说，这孩子能看懂这本书。女人说，要请先生教他？老尼姑说，不用，他自己能看懂。

这孩子就这样姓赵了，叫赵常。

老尼姑说那本书上就有这个名字。


## 四　天和地

肉体是山，灵魂是山上的雾岚。像雾岚附着山一样，灵魂附着肉体。肉体有形状，灵魂没有形状。灵魂的雾岚总是飘忽不定，它依附着，又自由着。一切有如灵魂的东西，智慧和爱，力量和欲望，它们不成形状，它们来去无踪影。

灵魂是天，形体是地。

女人生下一个形体，同时生下一个灵魂。女人知道，她生下了一个灵魂。她是一位完全负责的母亲，她在灾年里煎熬了那么久，她必须生下一个有灵魂的形体。她把这个有灵魂的形体托付给天和地。

天是女娲做的。她用手织了天空，叹息成了云，眼睛盼出日月，愿望变成星星。

地是伏羲做的。他用脚踩出泥土，爱变成江河，仇恨变成石头，力量变成山峦。

彭树皮——赵常降生在那块石板上，那汁浆一般的形体，在旱天里随时就要蒸发掉。像露珠需要绿叶，赵常这滴露珠需要娘。

那汁浆一般的形体落在石板上，他的灵魂更轻，更稀薄。旱天里看不见灵魂的雾岚。

灵魂在高处看着那一掬浆汁，灵魂有点儿哀怜，有些担忧，还有一些不耐烦，还有一丝无奈。

赵常的灵魂从那一刻起，就养成了一种习惯，从高处往下看。灵魂一降生，就学会了鸟瞰。

汁浆的形体渐渐变成一种扎实的东西，头脑和肢体扎实起来。灵魂在这个形体里筑一个巢。命运就这样形成了。

下雪了。

热的季节有多热，冷的季节就会有多冷。季节跟季节从来是对立的，怎么也谈不拢。当今世界上任何一位谈判高手也不能让两个对立的季节达成妥协。夏天和冬天，秋天和春天，它们从来不会站在同一立场同时出现。它们相互回避，无休无止地周旋，随时改变世界的布景。当今世界上任何高明的操盘高手都没有如此神奇的力量，战争或者和平演变都达不到那个境界。

赵常就是在那些季节里成长，在岁月变幻中获得力量。岁月没有秘诀，对学生是无私心的，不会像猫教老虎，还留那么一手，老虎一直不会上树。

下雪了，群山变成白马。

长江三峡流域的群山，广袤苍穹下的马群，奔腾若江流。那奔腾的马群，听不见马蹄声，你甚至听不见它的鼻息。你以为是入侵者偷袭这个冬季，任何一群动物，哪怕是人，也不会有如此高明的乔装打扮。

这世界，奔马踏不出蹄声，像雪飘落原野。

白色的群山，白色的马群，又若拍天巨浪，在某一刻凝固。

江流，穿山透地，浩浩荡荡，开过三峡。它流过项羽、刘邦，流过孙权、刘备，流过屈原、李白，也流过诗刻石壁的苏轼。它把历史流成古老的桡船。

下雪了，很冷。

男人朝火塘里添柴，女人奶孩子。

冷和饥饿，赵常不哭。

雪一朵一朵地叠起来，一层一层地叠起来，房屋和树便一寸一寸地矮下来。

南国冬天的雪很漂亮，不是白米，不能吃。像南国的美人，惹你，不是你的女人。

那个冬天让男人很无奈。老尼姑把赵常母子接进庙里，庙里总有些神奇的地方藏着一些神奇的食物。虽然没有荤，只有素，女人还是有了奶水，赵常在那个冬天没饿着。一条命里都长着一个胃，它要消耗食物。灾年没饿着，是胃的福气。

## 五　种植

种植，从这儿开始。

从种植的地方，人离开森林。种植，是人类活动的真正开始。林河，这位痴迷人类活动的老人，一直关注人类的第一粒稻子，不是四千多年前的那粒稻子，也不是七千多年前的那粒稻子，是一万年以前的一粒稻子。那粒稻子不在江浙那样的水稻之乡，不在江汉平原，不在华南，那粒稻子在三峡流域的泥土里埋藏了一万年。林河断定，人类最早的种植活动在三峡流域，除非有人发现了比那粒稻子更早的种子。

次年春天，流官赵也就是改名彭武的那个男人，他最该做的就是播种。他现在有了老婆孩子，没了俸银，连官位连姓名都没有了。什么都没有了就改名换姓当一个土著民，一改名换姓，就差不多像一个土著民了。

当官，种植政事，收俸银。当地土著民种植庄稼，种子是幸存下来的，人饿疯了，什么都吃，忘了有一葫芦苞谷种藏在什么地方了。赵流官好几次记起，那一葫芦苞谷种就在神龛后面，他一直当这记忆是假的，哪有什么苞谷种？赵流官是赵流官，不是一般的土著民。当官办政事，真真假假都装过来了，还不能对付几粒苞谷种？到了春天，播种的季节，赵流官才清楚地准确地记起那一葫芦苞谷种。他从神龛后边取出装种子的葫芦，双手发抖，像一下子领到十万俸银。

赵流官开始他春天的种植活动。

泥土有一种腥味儿。泥土当然有一种腥味儿，人的腥味儿、汗水、粪便、血和尸骨。血是人血，被屠杀的人的血。尸骨是战死的、杀死的、饿死的、病死的、老死的。人、动物、植物，死了就变成肥料，变成泥土，变成腥味儿。

那些腥味儿钻进赵流官的鼻孔，钻进他的肺腑，钻进他的脑髓。那腥味儿像追杀令，他是叛官逆臣。对土著人来说，他是杀人犯。

在这个春天之前，在他的坚决的充满希望的种植活动之前，早种植了这腥味儿。赵流官觉得，改土归流是一次浩大的种植活动；地里种植了腥味儿，人心种植了仇恨、恐怖，种植了流官和土著民的命运。

雍正四年，公元一七二六年间，中央王朝实施改土归流，变土官为流官，在三峡流域推行官员交换制度。这种官员的移植同别的事物的移植不同的是，不是带根的，只是把一粒种子撒在某一处地方。

土官变流官的办法是插人和掺人。把一户人插进另一块地方，把一个人掺进另一群人里，这种修理人的办法就是把化外人变成归化人，把生族变成熟族。先变官，再变民，再变王土。改土归流是中央王朝对地方的一次"斩首行动"和"植首行动"。土官流出是斩，外官流进是植。

这块土地，雪峰山脉、武陵山脉为南墙，遮蔽往里的山地，往里的山地再遮蔽山寨。人畜和家禽在山的皱褶里。腹地是三峡，听猿声和人声，流水与人行动，山色共时日变化。

那一夜，老司城盏烛燃起，火焰通明的祖师殿，土司彭锭半躺在楠木椅子上，闭着眼睛，任理发师修剪。东厢房里，裁缝们忙着给土司彭锭做官服。裁缝是好手艺，剪刀活针线活可夺天工。田裁缝和赵裁缝，赵裁缝的剪刀田裁缝的针，天下第一。天下，当然是指赵裁缝、田裁缝那裁缝尺可量的天下。七红不知道官服该不该绣花绣字？女人不懂大事，官服是大事，七红不懂。她想问彭锭，走到彭锭近前想问一声。老虎睡着也是威风的，她不敢开口。她敬畏他，她甚至敬畏那个剃头匠，他居然敢摸他的头，还拿剃刀在他脸上刮来刮去。她从来是低着头跟他说话，好像是听他的脚趾说话一样，她现在看着剃头匠正修理的那张脸，那一脸虎气让她生畏、生爱、生怜。生畏再生爱，生爱再生怜。女人胆小，怕男人，怕着怕着爱男人了，像爱老虎，老虎会吃人，还爱他。把老虎当猫咪，就怜他，想着奶他。女人是三重的性，畏是女儿，爱是妻子，怜是母亲。男人是虎是猫，只摆摆样子。

七红想起戏里的皇帝穿的龙袍是金线绣的，七红在官服上绣花，想绣一条龙，不绣，她绣了一只虎。七红绣完老虎才发现老虎爬到自己的衣服上了，七红的老虎绣在七红的衣服上了。这暴露了女人的一个毛病，细心但不准确。不准确，出击往往无效。那时女人很少是战士，战争忽略女人。

剃头匠的剃刀是在冬瓜上练出来的，剃冬瓜毛，断毛不伤皮，练了三年，剃人头，若剃冬瓜。半辈子剃刀生涯，立下招牌，刀换头。自作楹联：阅天下头颅几许，看老夫手段如何。快来授首。彭锭看了这楹联，大笑，剃头匠成了朋友。

彭锭要结交剃头匠，剃头匠正给人剃头，手起刀落，一颗圆滚滚的光头就出来了。剃头匠问，大人剃头吗？彭锭打拱说，请师傅去老司城一趟。剃头匠说，我没闲着。彭锭说，不叫你闲着。有马有轿，剃头匠骑马，倒骑。彭锭问，这样骑马？剃头匠说，背朝前，前敌不杀你；脸朝后，后敌不能

杀你。到了老司城，上了祖师殿，一边是佛，一边是道。土
家人的神是神，佛是神，道也是神，如来、观音、张天师。
祖师殿，佛道合一。土家族，就是大地族，大地容众生。彭
锭说，兄弟不嫌弃，就跟我一道过世界。剃头匠一拱手，大
人，剃头匠为三教九流以降，不适合你。彭锭与剃头匠执手，
佛不分贵贱，道不分高低。剃头匠不再言语。那夜皓月，两
人对饮。拜过佛道诸神，结为金兰之好。彭锭问，弟哪里人
氏？剃头匠说，里耶人。彭锭说，好地方好地方。里耶，土
家语，好地方。又问，先祖也是那里人？剃头匠说，惭愧，
先祖楚人，项羽之后。彭锭说，弟原来英雄后人啊！剃头匠
说，先为楚人杰，后为刘邦奴，我族人后来都改姓刘了，改
姓刘得以不杀不灭。彭锭说，里耶也曾是战乱之地啊。

　　秦灭，如灯灭花谢。后来有诗：坑灰未冷山东乱，刘项
原来不读书。刘项争雄，一路杀过大江大河，里耶成了战场。
巴人也战，土家人也战。酉水——白河——洁净若佛的河，
成了血水红河。那些沙石，是河的白骨。那个时候的酉水河
里的鱼是金黄的银白的，后来出现了一种红鱼，人血染红了
鱼，就有了红鱼的种族。

　　秦烧书，埋读书人，秦皇为大秦江山发狂，树天下通读
的文字，立天下通用的货币，强文化，强经济，强秦，筑秦
长城。刘邦、项羽西灭秦，是天意，也是民意。秦强而暴。

民不忍，天不容，终于暴亡凶死。多少年以后，秦再露脸，是锈蚀的铜车铁马，是残墙秦砖。

秦烧书，埋读书人。里耶有位读书人叫吴二，不知道怎么就没埋，他那时正在衙门里做事，拾掇文牍。秦灭，他将几捆竹简埋进几口井里。他不是爱秦，是爱字。那些字，多是刻在简上的。也是多少年以后，在里耶的古井里发现了竹简。人们由此想起秦朝，没有人会想起吴二。

里耶，好地方啊！彭锭叹了一声。剃头匠做完了他的工作。他很满意自己的工作，别人剃头只剃头，他剃头是雕塑，他修剪人的神态。无论你是天神还是人杰，他都是师傅。

工作完了，两个男人，在那儿沉默。太阳底下，猫在逗大黄狗，一只大公鸡跑来凑热闹。

狗是平和的，猫是欢喜的，公鸡认真地恶作剧。

沉默的男人会说要紧话。剃头匠对殿里的一根大柱子说，我是刘金刀！彭锭说，我早晓得了，你一定是刘金刀！楚傩巴建国会的龙头老大。刘金刀仍然盯着那根柱子，你为什么不杀我？彭锭说，我不杀一位真正的杀手！刘金刀说，我已经不是杀手了，我不杀人了。彭锭说，那我为什么要杀人？我俩谁也不是杀手，我俩是兄弟。刘金刀说，我俩也是仇人，我要建成楚傩巴王国，必先灭你。强人灭强人，古戏都这样。刘项灭秦，刘邦再灭项羽，立汉室江山，后再有人灭汉，再

23

唐宋元明清，后朝灭前朝。强中自有强中手，英雄自有英雄灭。彭锭说，这是强不服强，才为强灭。人不如牛，两头牛打架，总有一头牛会认输，认输可以不灭。想一想，一灭就什么也没有了。人不可以吃草，牛不可以吃饭。刘金刀说，老哥的牛论不错。其实，杀人不是杀人，是谋事。彭锭说，所以，事成，不必杀强人，强人可助成事。要你强过我，我会像那条大黄狗一样跟着你。我不会像那只公鸡一样跟着你斗。刘金刀说，还有一只猫呢！彭锭说，猫是女人，跟你闹着玩的。刘金刀说，老鼠就不能跟猫玩了。彭锭说，男人在女人面前，有时候就扮成鼠。刘金刀说，朋友在朋友面前，有时候就扮成一条狗。

两个人打哈哈，惊飞檐雀。

彭锭这次不是出征，是做流官。

彭锭不怕打仗，他的族人也不怕战争。打仗要死很多人，老人，孩子，女人都会死。战争就是瘟疫，死人。瘟疫有药医，战争没药医。

彭锭的族人有两次大的出征。一次是战中央王朝马希范军，久战有时日，后来双方议和，立溪州铜柱为界，不再战争。这场战争来是狂风，去是细雨。马达人的部队杀过来的时候，是年腊月二十八，差两天是年三十，杀年猪，打糍粑。男人们要去打仗，就提前两天吃团圆饭过大年。后来土家人的大年是腊月二十八。土家人的部队是临时召集的，多是些散兵游勇。散兵不散心，游勇个个能战。平时练兵是练人，练步如飞，追狗，与狗狂奔拉住狗尾。练骑虎骑野猪，这一套也不是跟武松学的，他们多没读过《水浒传》。练射百步外的柳叶，练力，练徒手挡刀。马达人的正规兵勇遇上了劲敌，不打不相识，就议和了。

另一场出征是抗倭，他们是抗倭部队的好手，个个能杀敌。后来的史书上有名。

彭锭不怕打仗，但是打仗要死人。要去做流官就做流官吧。吃皇帝用皇帝，为皇帝做事，天下太平。彭锭幼时好斗，为捕鱼，为打猎，为采摘野果，与人斗个你死我活。娘说，儿啊，你说，是牙齿硬还是舌头硬？彭锭说，当然是牙齿硬，娘是要让我像牙齿一样，什么都能咬一口！娘说，牙齿那么硬，要遭虫咬，舌头那么软，不遭虫咬。彭锭说，娘啊，没有牙齿，舌头什么也尝不着。

彭锭是选择牙齿还是舌头？是啊，牙齿还是舌头？牙齿，咬一口再咬一口，咬死或者被咬死，牙齿先亡，再完身躯，完彭氏疆土。舌头，去尝那个流官的滋味。

老司城一夜安详。司河不停地流，下猛峒河，过武陵山，下沅水，进洞庭湖。

熟睡的家园，任月色洒过。

家人已收拾好行李。装骡马，天亮就要离开这里。

彭锭说，刘兄，明天随我一起走？

刘金刀说，兄是上任为官，我是个浪子，同兄一道，碍手碍脚。官场有官场的规矩，我是个不守规矩的人，终会成害。多谢老兄抬爱，我还是当剃头匠好。

彭锭说，我看兄是亡我之心不死啊！

刘金刀说，我不亡我，谁能亡我？

彭锭叹了一声。好的，我明日走了，这方良田、城池都归你了。

刘金刀哈哈大笑。兄真是舍得。兄一直守护这万年家业，寸土寸金，一下就拱手相送了！我刘某哪能承受得起？若论朋友情谊，你这礼太重。若论天下，这方土地、城池也真不算什么。有话说，普天之下，莫非王土。你若成王，天下都归你啦！

彭锭说，兄真是贪心不小啊。

刘金刀说，我是贪天下之心，不是贪一己之心。

彭锭说，明日我就要做流官，你逍遥江湖，你我山隔水阻，不知何日重逢，我总要留你一件礼物的，也算你我结识一场。宝剑赠英雄，红粉赠佳人。我的剑不如兄的剑利，我就送你红粉佳人，我把七红留给你。

刘金刀哈哈大笑，君子不夺人所爱。还有句江湖上的话，朋友妻，不可欺。

彭锭说，兄方才讲你是个不守规矩的人，怎么说变就变，多起规矩来了？

刘金刀说，有些规矩是在人的本性，那就要守，有些规矩不在人的本性，那就不守。一个人说话行事，得由着人的本性来。人的本性一半由爹娘所生，一半由上天赐予，合而为本性，不可胡来乱来，有违本性，是自我灭杀。

彭锭说，兄饮酉水，我饮司河，同是山奶，你我本性该是一样。兄是碧玉品质，我哪敢玷污？七红虽为沅水码头河妓，但是个人精，琴棋书画样样有声色，先祖是楚王属臣。我只是名义上娶她，给她个名分，不叫掩尘埃，沦烟花。我此去流官，浮萍人生，不想让她一生漂泊，若兄收留，七红也有了好归宿，你俩也是英雄美人配，天意也是，人性也是。

叫人请过七红。彭锭讲完刘金刀，再讲出他的安排。七红不语。两个男人等她说话。

良久，七红说，两位大人该是想喝酒了？七红叫人上了酒菜。七红说，七红不善饮，舍命陪君子吧。七红举杯，先一饮而尽。几杯之后，七红已灿若桃花。七红说，女人不过男人杯中物，长兴致而已，说完，便醉倒了。

天亮，老司城已是一座空城。

空城中只有两个人：刘金刀、七红。

27

两人在祖师殿跪拜天地。

七红说，我本是个烟花女子，你要嫌弃，我再去做烟花女子。

刘金刀说，我是江湖浪子，你要嫌弃我，我再去做江湖浪子。

刘金刀同七红成为夫妻，后来生下了赵常爱的女人。

我要感激你的爹娘，他们为我生养了你。后来的某一天，热恋中的赵常说了这样一句话。

一句话直到它长青苗的时候，才知道它是多年以前种植的。


## 六　满人

农历八月十五，中秋节。七红已做好一百二十个月饼，每个月饼里都藏了刘金刀的手令。

刘金刀的楚天下会在八月十五举事，杀满人。

刘金刀的一百二十道手令藏在一百二十个月饼中，六十个月饼分送给楚天下会六十个大小头目，六十个月饼分送给六十位大小土司。刘金刀给楚天下会头目们的手令是"杀"，给土司们的手令是"灭"。杀，是你杀我，我杀你。灭，是我不灭你，你便灭我。手令不同，刘金刀自有他的用意。杀，是人的手段；灭，是神的手段。杀死，不是灭亡。刘金刀这样的高手，能为的也只能是杀死。灭亡是天的意思，天要灭谁，谁便会灭亡。那些土司，是彭锭的部属，彭锭应属天意，灭或被灭，也属天意。楚天下会属人意，杀或被杀，属人为。灭，为天机。杀，起杀机，杀机由仇、由恨、由爱、由忠、由欲而生，也或由义而生杀机。杀机无缘由，也是天机。天机为有机。

那个时候，刘金刀无法遭遇满人，满人只在京城。刘金刀只听说过满人，没见过满人。他们八月十五要杀的，只是一些满官满兵，他们是些长沙一带来的汉人，也有些是当地苗人。这些人由清王朝封疆封官。他们从受封清朝廷那天起，就往八月十五的刀口上走了。

八月十五的刀口像月亮一样光华。它的光芒是从刀口上射出去的，刀光常伴月光，历来如此。风花雪月，刀剑也雪月。林冲雪夜上梁山，那夜月光皎洁。银剑和佩刀，照亮了搏杀的光闪闪的路。关公的青龙刀，多少回单骑月下，多少次让月色生辉。月光刀光交错，把凡胎肉眼炼成行家，月光如水，银色的。刀光如水，青色的。青色，比绿深一些，比黑浅一点。月色茫茫，长路茫茫，永远如此，我们才有机会遭遇月光和刀光。

满人的威风是风，像秋风，也像春风。秋风是洒扫，春风是浸染。生机与杀机。自北往南，黄河、长江就这样让路了。几乎所有的战争，都是自北而南，或由西往东。由南而北多为商路，由东往西是为学道。若逆向而行，北上是造反，南下为平叛。向西为退让，向东为东征。所谓天地经纬。

满人到了南方，刘金刀、彭锭他们并不知道。直到流官要来，又流官出去，他们才知道满人来了。八月十五杀满人，他不知道什么是满人。刘金刀后来一直要杀满人，他也一直没见过满人。后来满人盛，流官盛，对襟衣褂变满襟衣褂，刘金刀仍然没见到一位真正的满人，他一直要杀满人，没一个满人被他杀死。他的刀砍出去，与满人总有些距离。没人笑话刘金刀的刀法差。

八月十五中秋节还差一天，一百二十个月饼早送出去了。

楚天下会行事机密。满人的流官统治是滴水不漏，十里为一保，十保为一甲，一人造反，一甲一保一里获罪，所谓"连坐"。人是以单元存在的，个人不算数。以人头缴税，以保甲治罪。清治下的蛮子草民，等同黑社会集团，人人为坏分子，为乱民。安则为民，乱则为囚。其实安则为囚，乱则砍头。

别人时刻把刀架在脖子上，刘金刀当然不干。

刘金刀经常习惯性地摸脖子，试探一下头还在不在脖子上。

杀手的世界很简单，刀与头。人从娘肚子里生下来，能做杀手的不多，对刀没什么感觉，虽然怕被砍头，但砍的总是别人的头，你怕什么？所以砍头的时候，人们会像杀猪宰牛一样，围观的人很多。看杀人不危险，想杀人才危险。想着杀人，想着被人杀，想着人一生下来就会被砍头，想着人一生下来所有的行动处于一种被允许状态，被神允许着，被人允许着，被自己的身体生命允许着。不被允许的行动就是杀人和被杀。

刘金刀不是个危险的人，他能爱，重友情，重义气。能爱，重友情，讲义气的人该是不危险的人。这个人的不危险，由别的事验证过，他接受了彭锭的友谊和托付，他纳了七红并爱着这个女人，他看得见摸得着彭锭的侠义和尊严，他看得见摸得着七红的热烈和柔情。刘金刀这个杀人者就从善如流了。

刘金刀从小练就眼观六路，他看得见上下左右前后六面飞刀。人一生下来不是要以身犯险，又难解身处险境，所以就要搏斗。

所以，就要杀满人。

# 七 月饼

月饼是一种甜食。有莲蓉、豆沙、冰糖、肉干、果干、菜干……全是可口的东西。月饼里藏了刀剑和谋杀的，那年八月十五是第一回。月饼是可以变种类的，世间万物，哪一样不可变种？食不能食，用非所用，多的是。人类就生存在无限的可能当中。疆土是乐园也是战场，情人是爱恋也是冤家。力量是捍卫也是杀机，一不小心就成为事故。

月饼不是错误。往后的核子武器、电子武器，甚或，心也成武器，都不是错误。到这本书里开头出生的那位小男孩赵常一百多岁时，心法被写进兵书，物理战法，心理战法，口水战法，战争的文明以战火演变为战法。战斗成为斗法，人类战争形式出现了《封神榜》神怪战形式。那个时候，彭锭、刘金刀、赵常等等，各式英雄豪杰，只得从顶级上滑落下来。他们代表的人的能力的退化，战争活动的趣味就变了。人失去了体能优势，十八般武艺就失传了。那可是精妙绝伦的艺术啊。

那年的八月十五，就是刘金刀、七红密谋杀满人的时候，他们的女儿刘艺凤已经九岁。

刘艺凤是分送月饼的密使之一。

到白河堤的柳林里，刘艺凤满头汗水，把装月饼的花竹篓放在膝盖上，坐在柳树下的一块石头上歇憩。赵常正在那棵柳树上捉蝉，猛地从树上跳下来。刘艺凤一惊吓，花竹篓从膝盖上滚落下来，月饼散落一地。赵常嬉笑着，帮刘艺凤把月饼一个个拾起来，装进花竹篓。刘艺凤拿了两个月饼给赵常，你吃吧，很好吃，我妈做的。

这对金童玉女，就这样相遇了。

刘艺凤继续去送月饼。赵常拿了两个月饼，欢天喜地回家，娘，月饼！我在河边的柳树上捉蝉，碰上一位仙女，给了我两个月饼。

机密就这样打开了。赵流官也就是彭武骑了快马给所有的流官报信。他好久没骑马了，骑术还好。

赵流官的马蹄踏碎了刘金刀的谋杀。

土司制度成流官制。十年无战事，夜不关门，路不拾遗，无盗无贼。

十年无盗无贼，刘艺凤十九岁，赵常也十九岁。十九岁，正是打劫偷盗的年纪。一头好畜，不戴好笼头，它准会吃路边的青苗。

刘艺凤这青苗，长在刘家肥沃的田园，打劫阳光，偷盗春色，涂抹了草木精华，她的美丽若刘金刀的刀刀光逼人，美艳和温柔也有冰雪的寒气，把青春困成囚徒。

赵常十九岁没骑过马。赵流官让儿子练追狗，与狗奔跑，去抓狗尾巴。练到十二岁，能捉奔狗的尾巴。再练追箭。箭射出，人也射出，伸手捉箭头。这不是练腿，是练心。心比箭快，练好了，世间万物，伸手可擒。

练追狗，练追箭，没练过追女人。追女人和骑马一样，不用多练。

突然的某一天，赵常非常想吃月饼。一年只有一个中秋节，一年里总不止一块月饼吧？赵常要吃月饼。在刘艺凤给赵常两个月饼以前，他没吃过那东西，吃了，他觉得那东西好吃。在吃过刘艺凤给他的月饼之后的不久，他有了吃月饼的念头，那个念头在心里长成一件实在的东西，那东西是专门要吃月饼的。

赵常找到了刘艺凤，那时刘艺凤还不是青苗，只是柳枝上的一片嫩芽。

在河边，在河水经年洗刷的大石板上。刘艺凤说，没月饼。赵常说，有，你藏在衣服里边。刘艺凤说，你搜吧。赵常摸了刘艺凤还未成形的乳房，又伸手摸了她的下边。他剥光了她的衣裳，像剥开一条春笋，白的嫩的。你是月饼，我吃你吃你！

刘艺凤躺着，她第一次尝了男人的舌头。真的是月饼那个味道。

刘艺凤问，你叫什么名字？赵常说，我叫赵常。你为什么叫赵常？我就叫赵常。

你真馋！刘艺凤说。

赵常练追狗追箭，一练十年，他忘了月饼。

夏天的一个晚上，他躺在河边那块河水经年洗刷的大石板上，仰躺着看月亮。很圆。又是中秋节了，他想起了月饼。


## 八　草木世界

刘金刀要有好心情，他不会率众起义。有些事把刘金刀的心惹毛了。那些心情不好，心里发毛的众人，经刘金刀一招呼，就起火了。这是一支心里发毛的义军，这些人心里一发毛就不肯做良民百姓。锄头柴刀猎枪变成了武器，村庄和庄稼地变成了战场，在金秋八月，女人收割庄稼，男人要去收割敌人的性命。

十年无战事，刘金刀差不多忘记了他的刀。

他徒步登上黄莲乌纪界，在山顶的一块峭石上，脚下是风，清风，天是蓝色的，鹰在云端。起伏的群山像奔马，峰峦若拍天巨浪。他这个时候心情很好。置身草木世界，人就平常，人也若草木春秋，枯荣过一世。

刘金刀当然识得草木。休养生息十年，刘金刀知山知水知草木情。树分弯直，木分软硬。草分毒草和良药。草木有了性质分了种类，也就有了草木命运。直木多为栋梁，或为舟桥，弯木弯得成形也可做犁，一无所用可做薪炭。莽莽丛林，一些是树，一些是树的陪衬。树有树级，樟树楠木为高级，椿树杉树桐木为次级，往下为杂木。杂木也有名，但只统称杂木。森林的列队就是这样，由种而生，由天而成。另有果木，枇杷桃李梨樱桃板栗核桃柑橘柚子……是树中宠物，不遭砍伐，任其硕果累累，不纳税不缴费。草性分味，中药铺拾药，一样药叫一味药。草味分酸甜苦辣咸麻。酸为收敛，可止吐泻，甜为滋补，苦为清热败火，辣为发汗解毒，麻为毒药。咸草较少，如常山，专治打摆子。

刘金刀识了草木，成了治跌打损伤的名医，他的金创药和接骨术让人称神。

人心情好，才能通草木性能。人通草木性能，杀手就成名医。

刘金刀那时人称"刘半仙"。十年练成半人半仙，他有许多秘药。刘金刀的秘药秘方后来被那些江湖郎中滥用，秘方秘药成为一种江湖骗术，弄出些矮子增高药、傻瓜聪明药、返老还童药、瘦身药、强身药、催情药、迷药、发财药、升官药、消灾药、贿药、贪药、解愁药、合欢药、长记忆药……总之，无论是健康还是亚健康，是人有病还是社会有病，那些江湖游医都能说出秘方偏方治病药。往后的历史，差不多是由这些江湖游医拉长了的时间和他们膨胀的空间。江湖骗子的广告在城市的马路上，在乡间的土墙上，在公厕、电线杆、报纸、电视上，你们吃吧，一般人我不告诉他！全世界都在吃骗子的药，花骗子的钱，领骗子的奖杯。这世界一吆喝，一叫唤，一吵吵嚷嚷，就空空洞洞什么也没有了，医药也就不灵了。好的医术医方医药，是秘方秘传，用不着叫唱的。好医生没有了，好方法没有了，好药没有了，就需要吆喝。吆喝也没有了，人心就开始发慌，总会弄出些什么声音来。后来，用来治病的就是那些吆喝。刘金刀当年的那些药，当时就稀少，后来就绝种了。他当年的夫妻和气水，方子是天地相交，隔河相连，无风自动草。治烫伤的六月瓦上霜，治跌打损伤的九牛造，治风湿的四两麻，治不育症的甘露，治健忘症的记心菜，后人已无所见无所闻。刘金刀所用的普通的接骨药、止血药，后来也不多见。因为战乱、开垦，许多草木已经绝种。再后来是乡土的城镇化，城镇化盖了很多房子。人住进房子，要生了病，去找那些药，那些药早已绝，哪里去找？

　　因为有好药就有了刘金刀的好医术，因为有草木刘金刀才知草木。

刘金刀还有一手绝技，就是能治各种性病，手到病除。有种病叫色痨，人因性事染病，状同内伤，三两年内衰竭而死。这病有若后来的艾滋病，刘金刀泡制的药酒，能治这种病。

刘金刀的医药，无文字记载，不如《本草纲目》《黄帝内经》那样保存下来，民间也不再流传。

知草木的刘金刀，也就一如草木了。

关于刘金刀，地方志有记载，刘金刀，侠士，知医药。仅此而已。

仅此而已的刘金刀最终什么也没留下，这是一个人最后的失败。


# 九　归去来

那年八月十五中秋节，遭遇劫难的只有彭锭和他的家人。

彭锭的宅子燃了，火光淹没了月光。一片呼喊，杀呀——杀呀——作为流官的彭锭，就是要杀的满人。今夜要杀的人就是他。

彭锭站在天井里，四周是火，能逃出火海的只有天上的那轮圆月，它依然安静自在，人间一切祸福与它无关。它不是正义的月亮，也不是非正义的月亮。

彭锭喃喃自语，反了反了反了，疯了疯了疯了。他不知道自己在说什么，谁反了？谁疯了？是月亮反了？是月亮疯了？那个中秋节的月亮，像所有中秋节的月亮一样又大又圆又明亮。当人无能为力的时候，才会觉得月亮才是强大的，它无病无灾，它无所畏惧。彭锭这时只看月亮，在火光和灾难中观看这个中秋节的明月，他什么也不想。他甚至没听见骨肉亲人在火中的呼喊，也没闻到骨肉亲人被大火烧焦的气味。小儿子毛朵抱着他的小腿，爹，逃命吧！彭锭这才醒过神来，抱了小儿子毛朵跳进天井里的大水缸。父子俩浸在水里一声不吭。直到一切化为灰烬，杀声退去，彭锭抱着小儿子从水缸里出来，他的头发已经被烧光。他把儿子使劲按进水里，怕他被火烧着。他从水缸里出来，儿子已经溺死了，他抱着的是儿子的尸体。

现在，彭锭是只身一人了。他骂了句狗日的月亮，就在月光下朝某一个方向走去。四周是夜，任你朝哪个方向走，都会走向白天，这不会错。

彭锭记得，他们家在白河边上，在老司城，他不知道那儿已经被火烧光了。他带了一包东西，他认为那东西很值钱，他不是要钱，他花过很多钱，他要钱帮他东山再起。

他要去找刘金刀。

在路上，他还会遇上很多伏击。他花钱收买了一位巫师，自己装成尸体，让巫师把他这具尸体赶回白河。

他现在真的是行尸走肉了，他去找刘金刀，等着刘金刀让他起死回生。

他一点也不知道，让他遭一家灭门之祸的正是刘金刀。

刘金刀要杀的是满人不是彭锭。

那时的清王朝气象正旺，正是刀枪不入的时节，任何谋杀都会失算。


# 十　行走的尸体

那位无名巫师不知道他这次千里赶尸行动是一次军事行为。他护送的是一颗战争野心，一位军事领袖，他正一步一步地接近战略要地，某种巨大的能量将在顷刻间爆发。

巫师用锅底灰涂黑了彭锭一张脸，再用白布裹了全身，省了真言咒语，因为赶的是活人，不是死尸。

彭锭夜晚是人，白天是尸。到了夜晚，彭锭要巫师解开白布，放松一下筋骨，伸张手脚，自己行走。

彭锭不信鬼神。虽然昔日在土司城有佛也有道，他并不信佛道，只是遵祖宗遗训供奉而已。供久了，自己就想做如来佛做张天师，一生行事，有神力相助甚好。

眼下成一具活尸，任由巫师驱赶，心想鬼神无非人装扮的，今日为鬼，明日为神。

在无人处，彭锭问巫师，你真相信自己的法力吗？巫师赶了几天尸，真把一个活人当成死尸了。死尸开口说话，巫师吓了一跳。我问你呢，彭锭说。巫师定了定神，说，我不知道自己法力如何，我家几代都是赶尸人，我从小就干这个。我们赶的是真正的死人，死人自己走。赶尸的时候不能同人说话，一同人搭腔，尸体就会倒下不能行走。我同父亲最远的一次赶尸是从云南过贵州赶回白河。彭锭说，你赶尸的法力是真的了？巫师说，不是法力，死人是真的会走路的。

到一处古栈道，路悬挂在峭壁之上，谷底是湍急的河流，像被驱赶的一群虎狼，一边疾走一边嘶叫。

巫师指了栈道边的一块石头，要彭锭坐下，他说一路赶得太急，要休息一下。彭锭也正想要休息一会儿，裹了白布，僵坐在石头上。

巫师问，我们同行几天了，你还没告诉我你是谁。彭锭说，我是你赶的人尸。巫师说，你是彭锭，当年老司城的大土司。彭锭说，我现在是你赶的人尸，从军事上说，我是你的俘虏。我也知道你是谁，你并不像一个普通巫师。巫师说，我叫龙二，一个小人物的名字，你是不知道的。我是龙金保的儿子。家父在江湖上有些名气，大人也许知道？彭锭说，乌江的袍哥大爷，大名鼎鼎的龙金保，谁不晓得他的名号？巫师龙二说，家父已经被人杀死，你也该知道？

彭锭说，只是耳闻，我不信有人能杀得了令尊大人。当年数十清兵捉他，都做了他的刀下鬼。

巫师龙二说，那么，大人认为家父算个英雄吗？

彭锭说，刀光下遍地英雄。龙二，你怎么知道我就是彭锭？你一直在暗地里盯着我？

龙二说，大人在明处，我在暗处，我当然认得大人。老实说，我一直跟着大人，想投靠大人，只是不能见大人。家父遇害，我就成了一名巫师，流落异乡。我早知道大人是位英雄，有大人做靠山，我就可以为家父报仇雪恨了。

彭锭说，你怎么晓得我会为你报仇？凭我一具人尸能帮你报仇？再说，你也没告诉我你的杀父仇人是谁呢。

龙二说，我的杀父仇人是刘金刀。

彭锭说，龙二，你知道刘金刀是什么人吗？

龙二说，一个无敌的高手，哪怕是大人您，也未必杀得了刘金刀。

彭锭说，还有呢？龙二说，我还知道刘金刀是你的好朋友。

彭锭又说，还有呢?

龙二说，我还知道你这次是要会刘金刀。

彭锭说，龙二，你真像个奸细，你就不怕我杀了你?

龙二说，这一路上，我有一百次机会可以杀你。你现在手脚被缚，我只要把你推下深涧，大人您就完蛋了。就是说，我救了大人一百次性命。大人是做大事的，怎么会杀一个救了自己一百次性命的人呢? 龙二对大人有用呢!

彭锭说，就算这样，我也想不出一条理由去杀我的朋友刘金刀。

龙二说，我自己去杀刘金刀。

彭锭摇了摇头。

龙二说，大人，我要借大人的刀去杀仇人。

彭锭说，我从不对朋友动刀子。

龙二说，刘金刀不是你的朋友，他与大人有灭门血仇呢! 正是刘金刀的中秋密令，大人一家才遭灭门之祸。

龙二讲出了刘金刀中秋节在月饼里藏密令杀满人的事来。

彭锭听了不语。

巫师赶尸，日夜兼程。

彭锭看见了白河。

# 十一　火笑

刘金刀家的火塘里，这几天一直火笑。火苗一蹿一蹿地，出现红黄蓝绿四色火苗。这个征兆，是有贵客要来了。

刘金刀隐姓埋名多年，已无人知道刘金刀，又哪有贵客来访？

农家五月天，遍地麦香。枇杷熟了，一串一串的黄宝石挂在树上。茂盛的蒿草让沃土更是肥厚。月光浮起木楼和庄稼，浮起河流和山峦，把一切变成天堂。蛙声若十万天兵来了，把月光踏成波浪。打麦场上的连枷，有节奏地拍打出麦粒，那是麦酒、白面和麦粑粑。麦场是农家生活的第一场，是开台锣鼓。

刘金刀的宅第已是一座城堡。一座城堡是大地的一颗头脑，它脚踩的手抓的是人和疆土。方圆几百里的月光、麦香和蛙声都是刘金刀的。刘金刀领女儿刘艺凤骑马上八面山，他问刘艺凤，这世界大吗？刘艺凤说，大。他又问，你知道远处是哪里吗？刘艺凤说，远处是白河要去的地方，是天边。白河流啊流啊不见流回来，像一条线永远也放不完。天边那儿有一条长长的线呢！刘金刀说，远处是楚国的江山呢！那时的英雄项羽和他的美人虞姬在乌江边上，一柄剑拦住刘邦十万兵。项羽和他的美人骑剑走了，留下楚地江山要我们守护。江山是什么？刘艺凤问。刘金刀说，江山是天下。刘艺凤说，我晓得了，江山是一只口袋，是天与地缝成的一只大口袋，里面什么都装，那个叫项羽的大英雄扛着这只口袋，扛不动了他就和他的美人跑了。

刘金刀摇了摇头。对这个世界，刘金刀很难摇头，对女儿他还是不得不摇头。女儿是一道难题。

刘金刀从一名屠夫一下变成强人，富甲天下，权倾一方，金玉满堂，拥兵十万。这样的运气，一定不是靠杀猪卖肉赚来的。有人说是彭锭留给他千两黄金，有人说他找到了楚霸王当年埋下的宝藏。这两种猜测都不无道理。刘金刀长期经营楚天地会，他的属下都是各路豪强，有钱有势。他有一支船队，由白河通长江水路，还有一支骑马队，通湘鄂川黔，贩卖桐油、生漆，走私川盐。楚天地会有条律令，贩白不贩黑，卖盐不卖鸦片。天天吃盐不上瘾，鸦片一吃就上瘾。一抽上鸦片人就变得又黑又瘦，这起码从体形上背叛了楚天地会精神，不像项羽的后代。不像项羽后代就会缺少兵员，习武之人抽鸦片等于自毁武功。当年英国人的鸦片侵略，没有一块烟土运进白河。满人来了要抓壮丁抽税派劳役，洋人来了要抽鸦片要盗宝。满人让白河变穷，洋人让白河生病。白河就积贫积弱，刘金刀不干。

刘氏城堡建在白河边上，依山傍水。有地上地下两层，地下藏了粮食、腊肉、盐巴、白糖和酒，有暗道通白河。暗道可通大船连地下城堡，城周围要地有十八处兵营。城堡的城墙筑在百里之外。那城墙还在不断修建，砌石垒砖，就变成巨蟒，蜿蜒起伏随崇山峻岭，像半边括号揽了刘氏疆土，借秦始皇的长城之名也称长城。

彭锭闻了麦香行了数十里，月亮照白河的时分，他到了刘氏城堡。

门人来报，老爷，门外来了赶尸的，要见老爷。

刘金刀多少吃惊，飞步来到门口。那赶尸人不语，倒是那僵尸说话，刘兄，我这副样子来造访刘兄真是不雅！

蓬头垢面遮不住一个彭锭，刘金刀连说贵客贵客！这几天火笑，火苗笑，贵客到。当年留下的陈年老酒还在，进去喝酒。

彭锭对刘金刀说，这位小兄弟叫龙二，多谢这位小兄弟一路相送。龙二，这位是大英雄刘大人。

龙二一拱手，要两位老爷不嫌弃，我给两位温酒。

刘金刀说，龙二兄弟，你是远客，不劳你温酒。你护送彭老弟功不可没，本老爷赏你十匹好马，百两银子。你就此不再做赶尸人，可购置田园，或设一支驮马队，运川盐，也可往西藏运茶叶。你一生的荣华富贵本老爷不曾给足，要你自己日后去攒足。

龙二说，我不要老爷的银两和马匹，只求能为老爷守银库，扫马厩。

刘金刀看了龙二一眼，吩咐全羊席招待。

龙二说，我不劳老爷府上全羊席招待，只求两位老爷不嫌弃，当陪喝的，两位老爷行酒令，两方输赢都罚我喝酒。我要老爷赏我一块羊骨头。

刘金刀挽了彭锭进了会客厅。

龙二由下人招待吃全羊席，上好的高粱酒上来，龙二烂醉如泥。

会客厅内的红木八仙桌，摆了各色山珍海味。关外熊掌，印尼燕窝，虎脑汤，岩鹰蛋，人参羹，蛇胆灵芝饮。

有刚从长江水道而来的鲍鱼、干鱼翅。

菜蔬有云南过来的十八种蘑菇，福建来的黄花菜，广东来的竹笋。

鲜果有海南芒果、山东苹果、本地枇杷，杭州来的樱桃、苏州来的甜橘。

这席间温酒的仍是七红。刘艺凤上来叫过伯伯，筛了茶，去后花园练剑术去了。

两个男人对饮，酒还是当年的酒，多了些陈年香味；人还是当年的人，多了些沧桑滋味。

同老司城当年那桌酒席比起来，没什么不同，只是主客已经换了位置。

七红看两个男人对饮，默不作声。她能说什么呢？

男人是演戏的，她是看戏的。

这陈年老酒劲大，两个男人醉了。

彭锭说，八月十五杀满人的手令是你下的？你的手令才有这样重的杀气啊！

刘金刀说，我这次的手令一点杀气也没有，都是用月饼包藏好了的，用芝麻、冰糖做馅儿。这月饼是七红做的，什么样的杀气经女人一拿捏就变香的、甜的了。

彭锭说，这香的、甜的全叫我一家人吃了，我彭锭可是家破人亡了。

打打杀杀，总有祸事。

彭锭说完一家劫难，席间无话。


## 十二　手指的想象力

刘金刀手指的想象力比头脑的想象力更丰富。他站在峰顶时对女儿刘艺凤，用手指一点一点地说，女儿，那就是江山。

江山是一座山吗?

不, 江山是所有的地方, 就是我指的那些地方。

刘艺凤望着父亲手指的方向, 又看看父亲的手指头。我晓得了, 江山在你的手指上。

刘金刀觉得女儿的话有道理, 江山就是在手指头上, 指到哪里, 疆界就在哪里。

手指的想象力是无穷的。

一个人跟上自己的手指头, 前进, 前进, 就可以到达你想到达的任何地方。手指是一支箭, 被想象力弹出去, 人就跟着跑。

江山总是跟姓氏联系在一起的。

韩信兵营的箫声吹散了项羽的十万勇士。楚兵不懂音乐, 但知乡愁。韩信兵营里的那些乐手在月夜吹响楚人的乡音, 楚兵跟着箫声走进乡愁, 他们乘月夜去寻找自己的妻儿。他们杀死了秦王朝, 他们早该回家了。

楚霸王就这样溃不成军了。项羽和他的宝马、美人一起, 绝在乌江边上。江东是他的父老乡亲。他喃喃自语, 吃了江东一碗面, 无面见江东。

他问身边的美人, 你可愿伺候刘邦小儿?

美人说, 刘邦小儿是个痞子。

项羽说, 我本该知道, 江山和美人都该归痞子的。

英雄和美人自刎，只有宝马飞过江东。宝马传信，从此江山就姓刘了。

从那一刻，刘金刀的祖先就改姓刘。

到刘金刀出世，他不能不姓刘。

刘金刀是楚人，他是英雄的后人。

刘金刀一生都要跟着手指头奔跑。

刘艺凤射出一箭，那箭鸟一样地飞翔。

在乌江边上那个叫作垓下的地方，英雄美人诀别，留下了宝马和宝剑，留下了战争和乡愁。

宝剑会越来越锋利，乡愁会越来越浓。

美丽的刘艺凤射出那支箭，像鸟一样飞翔。那是战争之鸟，飞翔在漫无天际的战场。

那是一根想象力丰富的手指，穿透江山和乡愁。


## 十三  不做官，但是——做什么


流官不是满人，杀满人其实只杀流官。杀，必乱杀，必滥杀。由杀开头，再由杀结束，由乱而滥，由滥而乱。不管刀法如何精妙，一刀下去总是错杀。第一次下手总有些拿不准，刀下放人也许会有。杀多了就习惯了。若收割与砍伐，杀谁便是谁，一刀定是非。

八月中秋月饼密杀令，彭锭一家遭受灭顶之灾，赵流官一家逃过一劫。赵流官对儿子赵常说，你要有本事做别的，就不要做官。

赵常这时十六岁。老尼姑给的那本书他翻过十六遍，不记得一页。那本书的每一页都可成一本书，翻一页忘一页，页页混沌，只记得在读，不记得读什么。一页一页，什么都讲了，又好像什么都没讲。所以记不住。大凡高人说话，他好像什么都讲了，又什么都没讲，等于放屁。屁是可以记忆的，因为臭。也只是记得屁臭，至于什么屁，你无法记得。

赵常翻十六遍书，还是万事不知，一事无成。不知耕种，不会医药，不会赶场论市，不懂手艺，不会吟唱，连一句山歌也不会，只会射箭骑马弄刀剑棍棒。赵流官告诉儿子将来不要做官，他就不知道做些什么。再说，他从来没想过日后做官，做官算什么手艺？

在刘金刀带着女儿刘艺凤站在高处，让手指头的想象力射向远处的时候，赵流官对儿子说将来不要做官，他让儿子去想象将来，想象一个无边无涯的问题。他们，这两个父亲，父亲，这人类的种子，他们一定会把自己的人生经历和想象力嫁接给儿女，给儿女们增加一些人生的负重。这负重久了，人就会长出七情六欲之外的一种东西，那东西叫使命感。一些东西是慢慢长出来的。

赵常消失了一些日子。有人看见他跟野人走了。野人，就是那叫作人熊的怪物，一丈二尺高，浑身是毛，手指像杀猪刀。野人会扮成假外婆，吃掉寨落里的小孩。或将人掳进山林成为野人的配偶，繁殖野人。野人见了人就笑嘻嘻的，它抓住人的时候先要笑昏过去，人就在这个时候逃脱。在野人出没的时代，上山打柴割牛草找山货的人，在手臂上套上竹筒，野人来抓人的双手，人把竹筒伸给他，野人抓着竹筒笑昏过去，人就趁机逃走。野人要是追来，人要朝上坡或下坡的方向跑，野人没有膝盖，腿不能弯曲，不能跑上坡下坡。万一被野人捉拿不能脱身，人可攻击野人胸口长白毛处。野人有三个弱点：爱笑、无膝盖、胸口易遭受攻击。

赵流官知道儿子不会被野人掳去。赵常能追快马，能平步抓住飞跑的狗尾巴，他还能在鸟起飞的一刹那腾空一跃抓住鸟爪子。野人一定捉不住赵常。赵常只是去了一个不让人看见的地方。

赵常十八岁。十八岁的赵常经常做梦，梦见张天师。天师降妖除怪的本领高强，天师行路只要拐杖点地就一去百十里。人要有根天师的拐杖就好了。赵常梦见自己能行走如飞，在水上可飘然行走，能平步踩过大河。赵常出走，是要找一条大河。

在赵常时时有梦的日子，他悄悄练成了两招，一是能够在鸡蛋上行走。他先是踩着鸡蛋不碎，后来能让鸡蛋在脚板底下滚动他在上边行走。他练成的第二招是拿叶上树，两个指头一拿树叶一跃上树，然后再拿着树叶往上，直到树梢也不让树枝抖一下。张天师的神力其实就在这万千事物当中。赵常行走几日，见到了大河，水流湍急，两岸峭石如立，鹰与猿游走峭崖与云端之间。这里就是长江三峡。赵常步过三峡，再行走回来，穿浪而过。

赵常正同大河戏玩，听见半空中有声音：赵常，你爹娘病重，快快回家。赵常抬头，只有鹰和流云。

赵常急赶回家，爹娘已入土，乡亲们说爹娘是染上鸡窝症死的。远近数百里，染鸡窝症死的人不计其数。鸡窝症，人像鸡崽一样，一窝一窝地死。有些村落，人死了无人埋，没一个活人，人全死光了。这种病，不像伤寒打摆子，高热出血，无药救治。

赵常在爹娘坟头烧上香烛，对爹娘说，我要治这个鸡窝症。赵常后来熟知医药，是从治鸡窝症开始的。

刘金刀对女儿说，带两匹马，把那个死了爹娘的小子接到家里来。

刘艺凤大概对赵常说了许多温情的话，赵常才进了刘家城堡。

# 十四　女人香

赵常要刘艺凤走在后面。她走在前面，他会闻到女人的香味。女人的香味拦住去路，会影响行程，让人小看了他的脚力。刘艺凤奇怪地看他一眼，为什么要让她走后边，拉一个人到家里去，自己是要在前边领路的。

赵常十二岁那年，五月艳阳天，山坡上绽开了红的白的黄的花，他追一只野兔到山坡上，闻见一种香味，不是白花黄花，那不是花香，也不是嫩叶的气味。那是女人的香味，那女人躺在一块石板上晒太阳，用树枝盖着脸。赵常走过去，闻着那香味，像谁家酿甜酒一样，甜酒总要严实地捂着，留那些香气透露出来。赵常问，你是谁？女人说，我是梅娘。赵常说，你好香啊，像甜酒一样！梅娘说，你是来吃甜酒啦？赵常揭开梅娘，白色的饱满的喷香的，这梅娘，像五月艳阳天配制出来的甜米酒。赵常去摸她，吃她，弄她，把自己陷入香味和温柔中。梅娘问，多大了？赵常说，十二岁。梅娘说，从现在开始，你就是个男人了，你要爱惜你的鼻子，让它总能闻到女人的香味。你这辈子有女人缘。赵常问，梅娘，你到底是谁？梅娘说，我是风变的，不是谁。赵常问，你明天还在这里吗？梅娘说，我不知道我会在哪里，风吹到哪里我就会在哪里。

赵常说，风会把你吹到我这里来。

赵常没再见到过梅娘。

赵常又闻到了女人香，酿甜酒的那个味儿。

赵常在小河边说，我热，要泡一下。刘艺凤下马，赵常要帮她脱衣服。刘艺凤说，我自己来。

赵常在水里捉住刘艺凤，像捉住一条鱼，很光滑。他抱住她，在水里弄她。

穿好衣服，刘艺凤说，我是你的女人了，我要给你生许多孩子。

闻了女人的香味。那香味有一种家园的感觉。赵常在女人的香味里少了些失去爹娘的孤独和悲哀。

家没有了，五月的艳阳还在。

在孩子作为个人基因库的时代，在女人作为生命的温床的时代，刘艺凤对赵常这个男人的承诺是严肃的和严重的。刘艺凤后来生了十一个孩子，十个儿子和一个女儿。儿女一个个夭折，活下来的只有一个。

那一夜，一路月光如银，很香。

月光盛开，把香色抖落，纷纷地，万物歌唱。

## 十五　龙二的月亮

月亮照过楚汉的战马军刀，照过刘金刀的草药，照过彭锭的起落，照过赵常刘艺凤的山野情事，当然要照过龙二。

龙二看着月亮，那是有见识的眼睛。龙二的眼睛还不如月亮那么有见识。他只见过父亲的沉船和被杀，见过彭锭的逃亡。今晚，他看见了月亮下的山野情事。

龙二的眼睛有一点跟月亮相似，他看所有事物都是一样的。山河树木岩石泥土人畜，原本是什么就是什么。人看人，也没什么。老爹是龙头老大，走酉水，横长江，踏湘鄂川黔。船沉了，人像杀猪一般，尸体死鱼一样漂走。人若猪狗，死不如鱼，鱼死了可为美食。月光下的野事也不过如猪狗交媾。母狗三把锁，连上不得脱，母牛三把火，烧死公牛。女人，不知道，反正也好不到哪里去。人怎么看，就会怎么求。龙二求一栋屋，一个女人，一顿饱饭。还有，不被追杀。

龙二看了看月亮，叹了口气，他现在一样也没有。他就是没有，他是个无女人、无屋、无土地的人。月亮很圆，像一张老妇人的脸，没有诗意也没有荣光。

龙二像一条蛇一样无声无息地，滑溜到近处，赵常和刘艺凤像月亮的两朵强光，白亮白亮，像两条大鱼跌落在月光下的青石板上，那样弹跳、翻滚。这是鱼最可怜最绝望的时候。

龙二有些饿了，他想去吃一块糍粑。月亮，好大一块糍粑。

龙二小便，趁机狠狠地掐了下边一下，你怎么可以这样不争气！

赵常和刘艺凤走了。龙二在他们躺过的青石板上躺了一会儿，冰凉，有鱼的腥味。

回到刘金刀的城堡，龙二打起精神，对巡夜的人说，我看月亮去了，这天下真是太平无事啊。


## 十六　利害

刘金刀是胆，彭锭是略。两人合力，抢下千万里地盘。一统江山，边界到楚河。

楚河边，刘金刀很有浪来一口吞一口的气势。刘金刀对彭锭说，前朝军师诸葛亮，后朝军师刘伯温，当朝就是你彭锭大兄了。

彭锭不语，怎么我彭锭就是一个军师了？前时朋友，此时一为主子一为奴才。人不在王者，不可有王者之心。人有王者之心，心中无王者，切不可眼中无王者。处奴才位，尽扮奴才之相，不可化为奴才之骨。彭锭粲然一笑，金刀大兄，我九死一生，家破人亡，流为江湖难民，金刀大兄有英雄心，不弃旧友，我只当是你家食客，哪能称军师？军师是要有大智谋，像我等之小聪明，怕是会让大兄失望。刘金刀拍彭锭的肩膀，彭锭力扛千斤的肩膀缩了一下，人矮了一下。刘金刀一笑，彭锭大兄可要保重身体，共图江山大业，兴我巴楚帝国。彭锭苦笑，遭此大难，身弱心虚，要复原也难。

楚河，洞穿叠叠石山，望洞庭，望长江，望大海，滔滔复滔滔。

江山茫茫，不知疆界。这江山伸手可及。

刘金刀拍遍峰头，踏遍浪尖。骑风作马，扬光为刀，雷霆为啸。

南方吴龙部落，北方李周部落，东方向田部落，西方夏部落，收入袋中，指日可待。巴楚帝国，早已画就，只差示人。

刘金刀剃头，就识得那些部落人。夏部落的女人水蛇腰，半裸前胸，白晃晃肉摊子前面一站，让你搞不清谁是卖肉的。夏部落的男人直腿直腰，阿西肥的瘦的？只会说阿西不会弯曲的男人迟早是要被毁灭的。吴龙部落的女人穿金戴银，男人穿花衣，喝酒唱歌随地大小便，像一个戏班子和一群羊。李周部落全是旱鸭子，说话从尾说到头，颠三倒四，没有条理。向田部落狡诈凶悍，生性好赌，不信天命，轻易就入圈套。

强势的刘金刀，对弱势的四部落，真江山无限了。

龙二是个小人物，他一直在想，像刘金刀和彭锭这样的大人物，谁更厉害？

把个利害想好了，小人物才会有动作。

大人物之间，迟早会翻脸的。


## 十七　干爹、干儿、把兄弟


按照生命科学的说法，赵常活到那个说法的极限，一百六十多岁。他似乎还可以活下去，活到今天，活到将来。像他那样的一位英雄，与日月常伴，从未想到死。他的那位把兄弟龙二活得比他更长。赵常要是不去坐飞机，不去美国，他就不会遭遇地球磁场的变化，也不会把性命搞坏。他去美国之前，把兄弟龙二告诉他，漂洋过海小心龙卷风。

那个时候，刘金刀要修南方长城，要建花椒朝。彭锭说，封王不好，树大招风。刘金刀约了彭锭喝酒，把孔雀胆放进酒里。阴差阳错，刘金刀毒死了自己，彭锭活下来，接了一片疆土，收刘艺凤做养女。

赵常和刘艺凤不知道毒酒的事。八月十五中秋节，两人拜堂结婚。彭锭本来不乐意，但刘艺凤已怀了赵常的种，只能这样了。

龙二早结识了赵常的一位堂兄弟，叫彭努力，一个读书和写诗的人。写诗不算本事，经常缺钱，龙二常给他一些小钱，于是就成了把兄弟。后来，彭努力对赵常说，我的把兄弟也就是你的把兄弟。龙二就这样成了赵常的把兄弟，再后来，他就成了彭锭的干儿子。

那天两位大英雄对饮，七红把盏。七红闻酒有腥味，闻人有杀气。刘金刀告诉七红，今天要醉个死去活来。疑心是七红换了酒杯，这样刘金刀就喝了自制毒酒。世间万事万物本来在那里，对错都在人为。

彭锭请了七八个道士先生，给刘金刀做了七天七夜道场，又做了一口楠木棺材。七天七夜的道场，先是要打解结，解结解结解冤孽。英雄一生冤孽多，仇人多，你杀我，我杀你，杀人越多，结越难解。只能等死后由道士先生做法事。打完解结，又盖棺超度，把亡魂引上奈何桥，喝忘魂水，便一去不回头，忘却世事。作为鬼神，不省人事。

龙二守灵哭了七天，又抚灵棺入葬，一个孝子模样。杀父仇人死了，龙二伤心断肠。这个泪人，这个断肠人，这等伤心洒泪功夫，是可谋大事的。

不哭不流泪的是七红，有女儿刘艺凤替她哭泣流泪就行了。她想哭，不知道为什么哭。她守了七七四十九天丧，出来见太阳已若一面白纸画的丽人。她对彭锭说，你收了我母女俩吧。彭锭在老庙烧了一炷香，问了卦相。菩萨的意思，他可以收留七红母女。请了几十桌酒席，就与七红圆房。他对刘艺凤视如己出，刘艺凤叫彭锭做爹爹，这样就叫近了七红和彭锭。一个人与另一个人，十几年时间，渐行渐远的无奈，刘艺凤的出现，可以消弭这无奈，可以填补一些时间上的缺失。人类不断地出现新人，有两种可能，一是生出更多的无奈，再是要填补时间上的缺失。时间也生出更多的缺失。人与时间，就这样生生不息。人与时间，就像人领着羊群，人牵着马，把世界做出这样一个景象。

彭锭与刘艺凤、与赵常、与龙二、与彭努力，形成一种叫"干"的关系，所以，他就成了干爹。字面上理解，是没有水分的爱。后来人的意思，这个"干"，或者可叫作荣誉，某种荣誉职务，某个空头衔，某种不管事状态。

龙二大哭以后，正式成为彭锭的干儿子。有事没事，也不管与彭锭见不见面，他都会说我干爹。龙二办什么事，他都不忘了我干爹这句话开头。他要做的事，就是干爹要做的。

彭锭要修城墙。他要把许多旧城墙连接起来，连成一条长城。完成这件工作的是龙二。龙二对干爹说，我要修一万里城墙。干爹的领地那么大，我要修一万里长的城墙。

彭锭开了一个大会。说城墙修好了，他的领地就变成了好地方。

龙二忘记了赵常，忘记了把兄弟。

## 十八　好地方

好地方就是后来的三川半凤凰国。

彭锭问七红，你今年多大年纪了？七红说，女人哪能年年十八岁？我过了今年，就吃四十岁的饭了。彭锭的手掌在七红的肩头滑下去，这女人如往昔饱满和光滑，有淡淡的薄荷的香气。她的嘴、她的身子像剥了壳的荔枝，很甜。彭锭说，你吃了什么药？总是这样鲜嫩？七红说，吃你呀，你就是我的药。好男人是女人的十全大补药，可以让女人长生不老。彭锭说，你看，我已经老了，要是我再老一些，连豆腐都咬不动了，我对你的美丽就无能为力了。彭锭把手贴在七红的两腿之间，这真是个好地方啊！这样好的地方，迟早都不是我的。很多人都死了，为了争好地方，病死，战死，毒死，杀死，烧死。人死了，好地方还在。还会有人要死，把好地方当成葬身之地。其实，好地方不过是收藏棺材的地方。

七红已是泪流满面，她把手盖在彭锭的手上，对彭锭说，为什么你们这些男人，不打仗不杀人，就变得这么多愁善感呢？你看你，还这么有力，每个晚上都弄得我死去活来，你还可以娶个三妻四妾。天下的好地方都是你的领地。

彭锭问七红，我们的库银还有多少？七红说，还有几万两吧。

存粮呢？

有几千石谷，还有些粗粮。

龙二的城墙修得怎么样了？

这要你亲自去查看一番。只见他天天支钱支粮，就是秦始皇修万里长城也差不多了。

办完刘金刀的葬礼，彭锭一直锁眉想事。财政事务交由七红管理，军事事务交由赵常，龙二修城墙，刘艺凤去张罗办学堂和组建大戏班子的事。

彭锭锁眉想事，想的是好地方的事。创业难，守业更难。这好地方生长纯种的三峡玉米，生长高山水稻，生长五谷杂粮和药材。他识得血三七和接骨草，还有鱼刺蒿，那是疗效奇特的外伤药。他还识得淫羊藿，一种壮阳药。这里的草木让人丁兴旺，六畜兴旺。奔马似的群山，河流如缰绳。这里什么都那么强大。这块地势往西南走高，把高原长成山的意志。山势长到高处，又得向东北方倾斜下来，像一匹马伸长了脖子，饮洞庭，饮长江。

赵常领军八十万，一支大军，当年曹操下江南也只有八十万大军。刘邦项羽的乌江之战，双方总兵力四十万。彭锭领地称三川半凤凰国。

彭锭属龙，必有水佑，故称帝为洪泽帝。合三川半凤凰国，龙凤呈祥，有水相济，福泽万世。赵常封为大元帅，七红为内务大总管，刘艺凤为歌舞升平大司，龙二为长城建设总督办。龙二向彭锭进言，时下战事稍停，百废待兴，是抓经济建设的大好时机，要广纳经济人才。老百姓要吃饭，军队要刀枪，朝政要用钱。彭锭点头。龙二便招募各路粮客、牛客、盐客、布客、木客，各路生意客。龙二又兼任商贸客站总站长。一时间钱财滚滚，彭锭夸龙二脑子灵，有办法。

彭氏天下，彭锭身边姓彭的只有诗人彭努力一人，诗人彭努力算起族谱来是彭锭的侄子辈。彭锭封诗人彭努力为诗礼大总管，专门管理精神文明和道德建设，教化百官师孔孟，百姓读诗书，识汉字，男女老少知礼节，讲诚信，懂文章。彭锭对诗人彭努力说，我侄彭努力一定要努力呀，为了彭氏天下修个脸面。

诗人贪杯，量不大，彭锭留他喝酒。彭锭说，这酒为润帝酒，当年楚霸王喝过的酒，你尽管喝。

几杯下去，诗人彭努力已是云里雾里。诗人一醉，就要作诗，随口念道：

> 彭锭彭锭真要得，
>
> 又打江山又打铁。
>
> 铁打江山不生锈，
>
> 多少男女成锈铁。
>
> 锦绣河山三川半，
>
> 有我无我都一样。
>
> 孔子死了有孟子，
>
> 屈原死了有李白。
>
> 爹妈生了彭努力，
>
> 天下诗人都死绝。

彭锭又与诗人彭努力对饮一通。彭锭说，贤侄，你骂人也算诗啊！

七红端上来一份蛇汤，让两个喝了解酒。七红对诗人彭努力说，老叔一肚子诗才，酒量大胆量也大，敢骂天下诗人。

什么诗人不诗人。砌方块汉字的手艺，和龙二砌石头修城墙差不多。诗人彭努力趁着酒兴说大话。

侍卫喊，总站长龙二到——

龙二见过彭锭，入座饮酒。连敬彭锭三杯，才对把兄弟诗人彭努力点了点头。龙二不读书，不吟诗，把个诗人当作没人。他能对诗人点点头，因为这诗人姓彭，又因为彭锭在座。诗人彭努力见了龙二，就像酒碗里落了一只苍蝇，喝下不是倒掉也不是。

龙二来向彭锭报告，城墙修完了，城墙如何坚固，又节省了大笔资金。龙二对诗人彭努力说，城墙留了一段平整的，作为诗墙。诗人彭努力说，我作诗流芳百世，拿你的城墙写诗，你龙二也就流芳百世了。你龙二不通诗文，算计一点也不差。彭锭打个哈哈，什么你的我的，这天下是大家的。龙二不懂诗，也不敢轻慢你这大诗人，他把一段城墙留给贤侄，也没留一块石头给我彭锭呢！

龙二接话，干爹，诗和城墙都是你的！

就是在这个时候，彭锭给这块好地方取了个名字，叫三川半凤凰国。诗人彭努力推算了金木水火土，想出了一个洪泽帝的名号。诗人彭努力后来大话他的本领，我这个人喝酒不行，想出十个八个皇帝名号还行。哪家要当皇帝只请我喝酒好了。

大西南这块地方，历来国多，有名的是大理国、夜郎国。三川半凤凰国没有什么名气，秦楚之争以后，中央王朝一直顾不过来，这地方人随便就立个国来，也就皇帝屁股大一块儿地方。

有洪泽帝，龙二当年走江湖，见过云南丽江木府，就照样子修皇城。

彭锭坐了皇城，修理三川半，一修三十年，三川半成了好地方。


## 十九　国中无国

秦皇汉武以来，文字统一，建制统一。立中华帝国，国外为异邦，国中不可有国。三国时期，三雄立国争地，实为争权，得正统，号令天下。故吴不安吴，蜀不安蜀，魏不安魏，你争我夺，把个皇帝装在口袋里就在马背上四处奔走。皇帝只有一个，被曹操拿去。刘备只好称为皇帝的叔叔，无奈他姓刘，正宗大汉皇室。孙权什么也没有，就攀个亲家算了。

有了当皇帝的理由，才可立国，江山才能坐稳。

刘金刀要立花椒国，可拉上汉高祖，他误饮自己的毒酒死了，是个不好的兆头。彭锭立国，自封洪泽帝，是私吞国土，为逆贼，必遭天下人诛。

三川半凤凰国三年又六个月，朝廷中央国军来剿，剿总司令为三国战将马超的后代马达人，从湘江一路杀过江，杀进白河，白河顿成红河。龙二修的长城本来是豆腐渣工程，经中央军一推，城墙便崩溃。龙二私吞修城墙的工程款，建豪宅，置田地，办货栈，开银号。彭锭想起杀龙二时，中央军已杀到。

彭锭只好率人等藏身巴人洞。

赵常领军八十万，借山川河流作战。三年无战事，赵常的军队多数人染上鸦片瘾，或者患上梅毒。那些患梅毒的，行军十里八里便躺倒路边。那些染鸦片瘾的，打起仗来便流鼻涕口水。他们被中央军砍飞了脑壳，口里还含着鸦片泡子。

赵常先领军猛冲猛打，然后突然后撤。进军时那些鸦片客、梅毒患者拖在后边，撤退时他们就留在了前线。这些人先是想投降中央军，哪知中央军见人就杀，见房屋就烧，见女人就掳。那些抽鸦片、染梅毒的残兵败将只好奋起抵抗，以三五人拼一人，杀死中央军不少。这些人后来尽被中央军杀死。赵常退至白河岸，所随队伍尽是精锐，再回马前进，中央军大败。这次战斗，帮赵常整肃了队伍。你的士兵吸食鸦片，染了性病，罪不至死，不能把他们杀了，是战争把他们杀死，让他们得身后名，这些该死的人死得其所。病残之人，扬杀敌之威，这就是在战争中学习战争。赵常将这些人就地掩埋，立了一块纪念碑，这块碑也是赵常的心得。

赵常在鸡公界一带驻军，与中央军对峙。中央军攻打年余，伤亡惨重，不能进三川半一尺。马达人便派人来议和。那时，太平军、白莲教起事，中央军议和紧迫。赵常报过彭锭与马达人阵前议和。马达人代表朝廷宣读了皇帝诏书，三川半不称国封帝，不向朝廷纳贡缴税。双方议定，立一石碑，刻下许多文字。中央军撤军，三川半交由彭锭治理。那块石碑留给后来考古。

赵常与马达人阵前议和时，天有异象，现天狗吞日。马达人宣读皇帝诏书，赵常不跪。赵常称习武之人，双膝一跪，武功尽失，若失武功，将来如何为国效力？天下人不能文治武功，又如何安天下？不能安天下，就是对皇上最大的不敬。马达人说，赵元帅不跪，本将军代你一跪，以敬我皇上。马达人念完诏书，竟长跪不起，赵常只好上前扶马达人。这个仪式，记入后来野史。

马达人代表朝廷，赐一百匹绸缎。赵常回赠一百桶好酒。

是夜，彭锭仍留巴人洞。梦见天上红光如焰，空中利剑乱舞，有人头如雨落下。彭锭惊醒，一身冷汗，浑身无力，四肢如纺线的棉花条。眼前金星乱舞，高热不止。七红端来参汤喂了，彭锭昏昏睡下。赵常将彭锭众人从巴人洞接入彭府，彭锭仍是昏睡不醒。七红知百草医百病的道理，她要在三川半的草木中找到救命草，救彭锭的命。她叫人采来白荆条熬成药汤，又叫人把水竹在火上烤出汗汁，把两样药兑在一起，一匙一匙地给彭锭喂下。这药可退高热。服药过后，彭锭高热退下，只还是昏迷不醒。诗人彭努力说，百草都是药，凡人识不破，若要识得破，烧香请华佗。我们三川半，有位名医叫田六瞎子，是再生华佗，可请他来看看。

诗人彭努力去请田六瞎子，一路上，田六瞎子慢慢悠悠。诗人彭努力催田六瞎子，我的医生老子，人都快死了，你还这么慢！田六瞎子说，我走得慢，那人就死得慢，我走得快，那人就死得快。那个病人死得快，我瞎子也就死得快。诗人彭努力说，瞎子你讲什么怪话？我要你救人，不是要你送死。瞎子动了动眼皮，好像要看清什么，无奈瞎子果真有眼无珠，什么也看不见。瞎子站定，在路边撒尿。等我尿完了，我对你慢慢讲。瞎子尿完，向诗人彭努力讨了一截烟草，用粽粑叶卷好，猛吐一口烟说，老彭，你作你的诗，管这等闹事干什么？你让我去医一个要死的人。他死了，身边的人会说我治死了人，必定杀我。就算不杀我，说我治死了人，以后哪个再找我看病。那个人死了，我的名声也死了。我记得百十味药草还有什么用？诗人彭努力说，神医华佗不是被曹操杀了？人都会死，医得了病，医不了命。你就死马当作活马医。

瞎子一路上向诗人彭努力诉说，他是怎样不愿医一个杀人恶鬼。关于彭锭的流言，瞎子不知从哪里听来的。彭锭是个烧杀掳掠无恶不作的家伙，彭锭还享有初夜权，杀死过无数坚贞不屈的处女。

关于彭锭的种种恶行，诗人彭努力耳闻或者目睹，他从未想过那些就是恶行，他只知道彭锭是位做大事的英雄。

一个人有了牛羊兵马，还要初夜权，有了初夜权，还要从皇帝那分一角江山做皇帝。这就是贪心和野心。贪心是病，野心也是病，一个人患了两种病，要治就不容易了。瞎子一路瞎说，到了彭府。

瞎子给彭锭把过脉，脉相细若游丝，沉落河底，且阻滞如塞。望气色如紫雾，闻吐纳腐臭。双目垂帘，唇不遮齿。

瞎子诊完病相，说这病为五毒攻心，表相有邪郁笼罩，下药猛烈，以毒攻毒，只怕是攻毒时伤及真元，弄不好会一命呜呼。

众人相顾，全不言语。七红说，听大师说来，全是道理，治得了病，治不了命，大师只管下药。若救得了性命，定当重谢。若治不好病，也是天意难违。七红包了百两银子、一支山参给田六瞎子做谢，让他下药。

田六瞎子让人拿来纸笔，他念药方，让人记下药方。

乌头，三钱。砒霜，三钱。蜈蚣，一条。蟾蜍，一只。雄黄，三钱。金银花，一两。甘草，三两。虫蜕，二钱。马钱子，一钱。

田六瞎子念完处方，让人记了，又让人念给他听一遍。

最后，田六瞎子叫人如何煎药，如何服药，用何种药引子，一一交代。他这服药，可以毒死一头水牛，他加了甘草、雄黄这两味解毒药，又加了他从不告人的药引子，这药性就有些改变。彭锭服药过后，上吐下泻，排出许多黑色的东西，出黑汗。一直昏睡不醒的彭锭睁开了眼睛。田六瞎子叫人熬了参汤让彭锭服下。一刻工夫，彭锭能扬眉说话。彭锭叫人退下，留下七红、赵常和刘艺凤。彭锭说，我这病一时半刻好不了，以后这三川半天下，你们要担当。现在皇帝与我们议和，是迫于太平军和白莲教的情势，等平了太平军和白莲教，中央大军定来讨伐。天无二日，国无二主。三川半之国，是刘金刀兄的主意。国中无国，七国一统，三国一统，这天下终要统一。这三川半弹丸之地，怎可立国？这三川半号称雄兵数十万，其实能战者只我赵常大元帅一人。好汉难敌两双手。所以，你们尽快安排我的葬礼，将我用一口大楠木棺材推进巴人洞，我在洞内养病。除你三人，别人认为我死了，朝廷以为我死了，就不会来进剿。以后三川半人要学汉字，讲汉话，习孔孟之道理。年年事贡朝廷。不缴税，不抽兵丁，要多进些贡。

是夜，将彭锭入棺，一路吹打，送进巴人洞。

龙二赶尸，彭锭回三川半。赵常扶灵，彭锭入巴人洞。

## 二十　这一节原本空缺

这一节没什么好写的。一双绣花鞋和一条鱼。

这双绣花鞋，一定是一个女人穿过的，还留了些脂粉气和一个爱情故事。这个故事被许多人讲过了。

这条鱼，由一双手捉住，死里逃生，掉进河里。成为一个人的心结，不该丢失了一条鱼。这个人，一辈子想着这条鱼。

这一节，就是一条丢失的鱼和没有主人的绣花鞋。

这一节就这样缺失了。

## 二十一　一些人一些人一些人……

这些人来了，这些人不走了。那些人来了，那些人又走了。一些人住下来，给一个地方叫一个名字。三川半本来无名，来了一些人就有了一个名字。三川半有一些地名，叫吴家、夏家、李家广场、邓家槽、王家溪、向家屋场。一些人在一个地方叫一个地方的名字。一些人还有大的想法，就把一个地方建成一个国家。英国人到了美洲，那里就有了美国。

中国人也到过很多地方，那些地方有中国人写的笔画，中国的传说。一些人就这么走来走去，盖上房舍，燃起炊烟，狩猎，打鱼，放牧或者农耕，有了金银财宝就办银行，开商铺，建工厂，造机器，造枪炮。人累了，就骑牛马。牛马累了，就造车船，造飞机，造很多原来没有的稀奇古怪的东西。信使累了，就造电话，造互联网。礼法不通，就办学校。菩萨不灵，就念经。罪孽多了，就找上帝要善心爱心。

一些人会变成另一些人。

历史就是一些人的故事，历史也可以叫作些人。读历史也就是读些人，读些人的故事。

一些人办一些事，办来办去出了麻烦，就会有几个人出主意。这几个出主意的人就是领导。

彭锭藏身巴人洞，赵常就是三川半的领导。彭锭在洞内拾起一柄古代巴人将军的青铜剑，他想在石头上把它磨亮，磨掉一层锈，还是锈，青铜已成泥，最后只剩剑柄。蝙蝠在没有阳光的地方乱飞。

巴人洞外，是赵常和他的群众。

三川半贮藏了许多种子。金黄色的三峡玉米、红高粱、红苕、洋芋的块根，各类菜种，还有一些果树苗。这是一些群众性事物，一些种植的事物。三川半的种植从来都是群众性的。种子年年都是新的，剑会生锈，种子不会生锈。

　　三川半的石头本来是白色的，白色的石灰石，青白色，青白玉的颜色。太阳把它们烧得滚烫，雨水一淋，冰雪一冻，经年无人照看，它们自己就变黑了。群众的衣服多半是黑色和蓝色的，也有红的绿的花的，新娘子穿的新衣服。新郎和新娘都变老了，那些衣服也一律变成灰色。

　　赵常叫来诗人彭努力。

　　三川半是我的吗？赵常问。

　　彭锭大人把它交给你来领导。诗人彭努力说。

　　群众都听我的？

　　你上马管兵，下马管民，他们都听你的。

　　老彭，我管不管他们都一样啊。

　　他们没什么危险就不要你管，他们感觉有危险就少不了你来管。

　　他们会有什么危险呢？

　　他们怕死，怕穷，怕杀头，怕战争，怕一切天灾人祸。

　　好大一笔账啊！

　　是的，三川半的账都记在你的名下了。

　　赵常抬头，是蓝天白云，还有大大的日头。

　　三川半一望无际。

　　有一滴雨落在赵常的脸上，晴朗的天空怎么会有一滴雨？

## 二十二　赶尸的龙二又冒出来了："我就是那样一只蚂蚁"

龙二活不见人，死不见尸，逃遁了好一段日子。三川半不赶尸也不修城墙，龙二差不多被三川半忘记了。

龙二做了一件得大义的事，就是彭锭逃难，把大活人彭锭当作死尸赶回三川半，让彭锭死里逃生。一路上，龙二多次起了杀念，到悬崖处将彭锭丢下深谷。但每到危险处，彭锭都有戒备，龙二杀心自息。若真杀了彭锭，等同杀死一个稻草人，毫无价值，若救得彭锭，就等同得了个金菩萨。龙二赶尸，等同押镖，他当了一回忠诚的镖师。

三川半不见龙二，只是彭氏天下不见了龙总站长。他手下的那些盐客、牛客、布客，都是他父亲当年走长江的同道，龙二同他们一起酒池肉林。这几天，龙二一直躲在盐客站长麻狗那里，麻狗是龙二招来的盐客。龙二当总站长时，麻狗没贪多少银子。龙二藏身麻狗处，亲授贪法，麻狗便成为三川半首富，几次吵着要辞掉站长下海做盐商，龙二对他说，何必如此？你当盐客站长，管天下盐银，管三川半盐路。三川半人要吃盐，你就是三川半的盐罐子。赵常再势大，也要靠你。麻狗，你枉我疼你一场，终不能成大事。

麻狗叫下人上了一盅好酒，挥去下人。问龙二道，龙总，可教麻狗如何成大事？

龙二道，麻狗，你是一只好狗。狗只能吃屎，你知道吃肉，是好狗，好狗不等人喂，能猎杀肉物。但是你还不是狼。

麻狗又问，如何为狼？

龙二道，为狼者，需有狼心。你能谋事，是好狗，能谋人，可成狼。在三川半谋人，先要谋客站站长，与他们结盟，到时候，你自然拿死了三川半的经济命脉。有了银子，也不可把银子看得太重，要学会施舍，舍给那些对你有用的人。你要人，有人要银子，到时候，你人财两得，连赵常也会成为你的家奴。

麻狗猛吞一口，叹道，我麻狗也难成天狗啊，哪能吞日月？我不想天不想地，只图日子过得舒服。你看我在三川半这巴掌大的地方，吃的是东海的鱼虾，喝的是贵州好酒，饮的是西湖名茶，用的是海南黄花梨、云南红木、江西官瓷，我还置了一口沉香棺木，正宗柳州手艺。

龙二道，人死一块烂肉，装在钵里碗里都一样。你就把这个世界想成是一口沉香木棺材，把自己装在里头，怎样舒服，怎样贵气，怎样踢打都由你，这样，你就想通了。

麻狗领龙二去看他的几处盐库、钱窖，看他的算盘和秤。秤大的可量千斤，小的可约分毫。算盘大的要十个人一同拨珠，小的可袖藏。有象牙、有玉石、有紫檀、有黄杨木。麻狗在秤和算盘这两样上花够心思。

一只蚂蚁爬上秤盘，在盘中爬行。龙二招呼麻狗，让他看秤盘上的蚂蚁。

后来。

龙二问麻狗，你还记得那一回我让你看秤盘上的蚂蚁吗？

麻狗摇了摇头说，哪一次？看蚂蚁爬到秤盘上干什么？蚂蚁吃盐吗？我的秤盘上都是盐味，没别的味，我的秤从来不称肉、不称糖。

龙二扯了一下麻狗的耳朵，你呀，就是不记事。那一回，我确实让你看爬上秤盘的蚂蚁。它在秤盘上，那么小一点儿，它想量一量自己多重。它等于零，没重量，它太小了。它不是一个东西，它想知道它是一个东西，它很重要。它想让秤砣动起来。

麻狗，我就是那只蚂蚁。龙二说。

麻狗说，你不是蚂蚁，是大人物。

龙二说，如果有很多蚂蚁爬到秤盘上，像一座蚁山，就有了重量，秤砣就动了。麻狗你也是一只蚂蚁，你明白吗？

麻狗说，我明白吗？

龙二说，我们要有很多很多的蚂蚁，我们就是神仙了。

我们是神仙蚂蚁。

麻狗点了点头，当然当然。蚂蚁好蚂蚁好，蚂蚁什么都不怕，什么都能吃。

龙二骑上马，奔一个什么地方去了。麻狗望着龙二的背影，摇了摇头。然后他去看账本，看这一天的进项。然后算一算，多少缴给赵常的政府，多少留给自己，多少打点关节，多少分给下面的人，多少在年内给有关人贺喜日贺生日贺年节，多少让老婆知道还有多少瞒着老婆。麻狗的脑壳像一把筛子，专门筛数字、筛事物，筛子上下的他全都数。筛子上面的是米，筛子下面的是糠。米走米的路，糠走糠的路。大钱是米，小钱是糠。麻狗把银子叫米。有米来了，他就对老婆说来米了，让老婆高兴一下。老婆查音是位居士，一日三餐素食。无子，信南海观音。每月朝南方烧香，观音菩萨生日烧大香。三川半大庙半是观音，半是太上老君。查音总会敬些香火钱，祝愿三川半不旱不涝无祸无灾，许愿为观音塑金身。麻狗给她的钱远远不够，她找到麻狗的钱窖。满满一窖银子，一排排码成银墙。查音细看，这些银子最上一层麻狗全做过记号。查音把最上一层挪开，取了第二层。用箩筐装好，挪出钱窖，然后请人抬到庙里。终于塑成金身观音，了却心愿。后来麻狗也自然觉察，知道为菩萨塑了金身，也就不怪查音。乐得去见金菩萨，点烛燃香，烧纸放鞭炮，算是给大庙捐了菩萨金身。

麻狗不信菩萨，他信龙二。龙二就是活菩萨。

## 二十三　洞里彭锭

你不知道赵常在想什么，他或许什么也没想。三川半的事物好像不是由他摆弄。

盐税、桐油税、牛税、马税、屠宰税，都是彭锭规定的老办法。抽兵丁也还是三丁抽一，五丁抽二。还是保甲乡里制，五户为甲，十户为保，百户为里。天下之风，还是彭锭之风。

龙二这游魂，在三川半游走，并不见有追魂幡来拿他。真神在洞里藏着，赵常是假神。他不怕，他有惊无恐。他不怕赵常，也不怕巴人洞里躲藏的人。三川半人都以为彭锭死了，龙二知道他没死，他还在洞里藏着。他要真死了，三川半会有些变化。三川半什么也没有变，彭锭在洞里敲锣，赵常在外边唱戏。赵常要对付的，不是龙二，是他身后的扯绊。一匹马不要缰绳，那样才会自在。

骑在马上的龙二，把前后想了个遍。他过了几道河湾，翻了几座山梁，到巴人洞口，扯了根藤把自己缚上，进了洞口，洞内摸索了一段，在有流水和光亮处，又有一穴。这处是洞中可见天日处，顶上开口，有日光进来。彭锭就藏在这穴内。虽是一穴，内有数十个晒谷坪大小。彭锭正在场中打太极拳。

后来有个大人物，叫萨达姆，是大总统，被外族人追杀，也藏过洞穴，后被卖客卖了，终被绞杀。

龙二跪下。彭锭打完太极拳，对龙二道，龙二，还敢来见我！

龙二不敢抬头，对彭锭说，大人，龙二知罪。龙二搞了个豆腐渣工程，塌了城墙，毁了三川半，让赵常大人吃了败仗。自觉悔愧不已，想自行了断。又想大人对我有恩，死也要见大人一面。我本是一个浪迹天涯的行尸走肉，是大人让我再生一次。我今天来见大人，任由大人处置。

彭锭一拂手，一石笋断在掌下。再一前跨步，到了龙二身后。轻抚龙二头顶，龙二半截脖子缩进肩胛。彭锭道，我洞中练太极，掌成屠刀，但我已成佛，以生灵为念。你龙二修城墙，成豆腐渣工程，至三川半崩塌，佛以为罪不至死。龙二可活。若活生佛心，顾念苍生，三川半有福。

龙二再跪拜，长揖，口称我佛在上，三生有幸。誓不再生贪念，余生大愿，为苍生谋福祉，定助大将军赵常，创万世太平。

彭锭打开一石匣，取出一部铁书，共十二铁册，颜体金字。书为王安石《青苗法》。彭锭将铁书交付龙二。

龙二问，是何宝典？

彭定道，此书为高人王安石著。为皇帝书，有慧眼识珠者存。此书或可治三川半，兼治天下。

龙二得书，告辞出巴人洞。

彭锭道，且慢。龙二先前赶尸，伴我一行。有劳再赶一回尸，伴我去峨嵋山。再置一口棺材，将我尸骨埋在三川半，将我魂妥置在峨嵋山。

龙二诺诺。

后来，龙二昼夜不停送彭锭到峨嵋山。

回三川半盖一座土王庙，为彭锭做了金身。龙二时时供奉。

赵常、刘艺凤、七红也是日日供奉。

诗人彭努力道，天知道供奉的是大人彭锭还是龙二？


## 二十四 一本关于种植的书

赵常到巴人洞已不见彭锭。

彭锭被龙二偷走了。

赵常再见到彭锭，是他的金身。在朝拜金身的时候，赵常见到龙二。

龙二向赵常施过大礼后，把王安石的《青苗法》这本书交给赵常。这是彭锭的交代。龙二将这本书藏了些时间。一本书对龙二来说，等于一沓擦屁股的纸，但这是彭锭特别交代的书，龙二想这起码是件宝贝。龙二请了好几个人研究这本书，证明它不是武功秘籍，不是医药宝典，不是藏宝图，不是帝王书，甚至不是一部菜谱。那些研究者告诉龙二，这是一本关于种植的书。龙二笑了。彭锭这个大英雄，穷途末路，能想到的就是种植，他能传给赵常的也就是种植经。

很长时间，赵常就钻在这本书里，龙二那些时间很快乐。

有一天，就是起大风的那一天。大风吹倒了玉米，吹走了茅草屋顶，吹倒了风口的几棵古松。那本书放在赵常的桌子上，风没有吹动它。清风不识字，何必乱翻书。没有这个情景。这么大的风，这本书很安静。

赵常再翻这本书，满眼青苗，青苗就是粮食。天下满仓，就不会兵荒马乱。出兵荒，出马乱，是粮荒，是青苗乱。天下不乱，先养青苗，青苗壮，粮仓满。这本书，实为宰相书，皇帝书，天下大书。

赵常合上《青苗法》，去找诗人彭努力，想让他把这本书编成歌谣，在三川半开唱。

溪边茅屋，诗人彭努力半醉。几个年轻人散乱在座：沈家后生沈仲文，田家小伙子田星楼，贺家后生贺蛟，陈家大哥陈居真，黄家五岁顽童黄永钰。

诗人彭努力举起酒碗，仰脖灌下，抹抹嘴道，我彭努力会写诗，也略知阴阳术，能看相。你们几个，不是凡人，是天上星宿下凡。沈家仲文、田家星楼、黄家永钰，都是文曲星下凡。贺家小伙青龙星，可挂帅印。陈家大哥白虎星，是经天纬地之才。我今天对天对地对茅屋讲这些话，你们日后发达，得给我酒喝！

几人听来拍手大笑。田星楼问，先生是如何看我等几人面相？

诗人彭努力灌一碗酒道，你们看，贺蛟两道剑眉，一脸英气，可是帅才？陈家大哥，有孔明额头，一腹经纶自会编织天下。沈仲文有如来相，将来不是文豪也是高人。

永钰道，老先生如何看我？

诗人彭努力打量永钰一刻道，你这小兄弟面相难测，通体灵气，是个鬼才。

赵常听诗人彭努力谈兴正浓，不打断他。等他停住，便进屋来，和他谈正事。

彭努力一听，皱眉道，我不炒人家的剩饭，编歌说书，弄烂我的诗才。

赵常见说不进话，离开茅屋，让他们继续海阔天空说大话。

赵常和他的五花马正年轻，随步也是狂奔，五花马知道赵常要去什么地方。赵常说话的时候，五花马竖着耳朵听，它知道他会去办什么事，去哪里。赵常不说话时，五花马知道赵常要去战场或者去刘艺凤那里。五花马有一点搞不清，赵常去战场拼杀时，他的呼吸很平静，他要到刘艺凤那里，呼吸就有些粗重，像一匹马长途奔袭，像夏天里的狗，用嘴巴呼吸，把舌头伸得很长。五花马要见一匹母马时，从来不这样，它知道一匹发情的母马在那里等它，等它去交配。五花马在这样的时候，总是从容不迫。只有赵常呼吸平静一声不吭的时候，五花马才会呼吸粗重，一场拼杀要来了。

五花马知道，这个时候，赵常要去刘艺凤那里。五花马故意放缓脚步，它要让赵常着急，让他像夏天的狗一样，用嘴巴呼吸。

刘艺凤在洗澡。

刘艺凤洗澡有秘制的汤，叫香草盐汤。这是她娘七红传授给她的。艺凤二十，七红四十出头，两母女看起来像姐妹。那香草盐汤洗浴可以驻颜，也可调肌理。女人经年用香草盐汤，白如米汤，润若脂玉，艳若桃花。这香草盐汤，香草采自云贵深山。盐是青海茶卡盐湖的万年青盐。汤中有天山雪莲，西藏经吏草，一种受牛经血的野草，南方的还阳草和北方的雪花草。若不需生育女子，汤中加指甲花、麝香。洗浴过后用崖上石缝中的百年野蜂蜜和羊奶擦身，然后再用艾叶、茴香、薄荷蒸熏一刻。洗浴之前还要净身，脱掉腋毛阴毛，温水冲洗。蒸熏时，要用红绸裹身。最后用水獭毛擦干身子。

三川半一般女子，得这秘方也无用处，得方难得汤。她们只能做冰火浴，先泡温泉，再泡冰凉的泉水。这个办法也不差，三川半的女人泡着泡着就出了颜色。

刘艺凤才洗到一半，听到五花马来了。

赵常径直进屋，把刘艺凤从浴汤里捞起来，用一条毡子裹着，带上五花马，来到他们第一次亲热的那块石板上。赵常骑了刘艺凤。五花马有些惊奇地打量这场搏杀，它总会看到，最后的胜利者是它的主人。一阵搏杀以后，它的主人受伤似的躺在石板上。明明是一场失败的拼杀，它的主人还为什么要往上冲呢？五花马觉得很没面子。

赵常躺在石板上，天上的白云一朵一朵地压下来，很柔软。身边的刘艺凤也像一朵白云。

赵常对刘艺凤讲《青苗法》这本书，讲诗人彭努力是如何瞧不起这本书。

刘艺凤听了说，你那本书讲的，不就是要拿钱买青苗，让农民护好苗，收了粮食再还钱吗？

赵常点点头。

刘艺凤说，这个道理让三川半人人都知道才好，这个钱，要龙二和那些站长们出。龙二修城墙，搞豆腐渣工程，又经管盐路、布路、牛马路，贪了不少钱，要吐一些出来。你把这些道理讲给诗人彭努力。要他出文告，编歌谣，他一听要龙二出钱，就肯帮你，他最讨厌龙二。诗人仇富，吃富不成，骂为富不仁。

赵常听了高兴，又骑上去。

刘艺凤闭上眼睛说，大白天的，让人看见了。

赵常一边动一边说，我们在这石板上做事，生下儿子就是硬汉。在这光天化日之下做事，生下儿子就很勇敢。

五花马见刘艺凤从石板上几次爬起来又躺下去，这次拼杀，敌人确实受伤了。

它的主人胜利了。五花马第一次看见主人赵常不是摇摇晃晃地站起来。

五花马记起老彭锭的一句话：马背是驮英雄的，不是驮草包的。男人的肩膀是扛事业的，不是扛女人的大腿的。

五花马驮起一个男人和一个女人，慢慢悠悠，踩过秋天的树叶和阳光，河水被秋风抖成细碎的金银。鱼群跟阳光照一下面，潜入深潭。

白露、霜降过了是冬至，冰雪来了。

一个很长的冬季。

## 二十五　青黄不接的日子

青，就是青苗；黄，就是粮食。春天种植，秋天收获。夏天是等待的时期。人生有许多时候要等待，数夏天的日子最长。青黄不接的日子就是夏天。

三川半，夏天。太阳不是从西边出来的，太阳从东边一直晒到西边。知了接着蝉鸣。

战事，匪事。兵要吃粮，匪要吃粮。三川半剩下的粮食不多，农历三四月就吃完了，农历七八月才有新粮，这个时候，米市就暴涨。三川半人后悔吃了那么多饭，人要是不吃饭，赶在青黄不接的日子卖粮食，价钱好，家家都是财主了。三川半人和别处的人一样，有个大毛病，就是要吃饭。

青黄不是粮食。种粮的人要去买粮食，把值钱的东西都卖了去买粮食。一只上好的玉镯子换三斤老玉米，一只金戒指换一斤小麦，一床新棉被换二斤大米。什么都没啦，儿女也能换粮食。

夏家四姑娘七岁，才三岁那么大小，夏家爹娘拿她换几升老玉米。四姑娘到了新人家，叫召头寨的小镇上。四姑娘偷了新人家的一团大米饭，跑了。快回到家了，她饿了，想

88

吃那团米饭，她就忍着忍着，饿得头昏眼花，走不动了，就一路爬回家，到了家门口，四姑娘昏倒了。第二天，夏家人开门，见四姑娘倒在家门口，用姜汤把四姑娘灌醒。她手里紧紧抓着那团米饭，说，娘，大米饭，你吃。

夏家爹娘哭了，什么叫骨肉，这就是骨肉。

夏家爹娘领了四姑娘去找七红，七奶奶，孩子给您，我们要去讨米。

七红叫家人开仓，给夏家一斗米。

宰相王安石写《青苗法》，想的是粮仓不是粮食。七红想的是粮食，不是粮仓。

七红领四姑娘见赵常。

赵常说，开仓放粮，留下兵粮，把粮食都分了。七红说，三川半的粮仓怕只剩下兵粮了。赵常说，那就把兵粮先分了，先养骨肉后养兵。七红问，兵无粮，起了战争怎么办？赵常说，先吃饭吧，吃饱了一起死，做个饱死鬼，不做饿死鬼。

三川半的粮仓，三天之内就空了。

三川半的粮仓空了，是个大机密，机密一大，就不是机密了。军人一挨饿，就把机密给泄露了。

赵常找来龙二，你给我在三天之内，把三川半的粮仓装满。

龙二说，领导，青黄不接，我上哪里弄粮食？

　　赵常道，叫你来，你总有办法，三川半没有你龙二办不成的事，常德、汉口都是粮仓，水路也就三天。只要肯花银子，粮食就来了。

　　龙二道，哪来的银子？

　　赵常道，朝廷最有钱的人是何大人，三川半最有钱的是你龙大人啊！

　　龙二想说什么。赵常说，你就去办，你先花钱办粮，日后我想办法补给你。

　　龙二说，领导，我要不办呢？

　　赵常指了指两旁的刀斧手道，我先把你杀了。

　　龙二嬉笑道，领导哪里舍得杀我呢？杀了我龙二，哪个帮你下常德、汉口买大米？我龙二再不要脸，也知道为领导分忧。再说，你是我义兄，兄弟之间，有难同当，打虎也要亲兄弟嘛。只是我把钱花完了，就是个穷人了。穷人就不是个人了，人穷志就短了，志一短你就看不起我这兄弟了。我龙二什么都不怕，就是怕穷。

　　赵常道，穷比死还可怕吗？

　　龙二道，我宁可死不可穷。

　　赵常道，有道理有道理，你先把粮食办好。我让你种三年鸦片。

　　龙二道，说话算数。

赵常道，算数。

龙二站起来施大礼，领导这条政策好。我就去办粮，三天之内，保证三川半粮仓满满的。

那个时候中央政府是禁鸦片烟的，中央政府派林则徐带了一大批干部到虎门销烟，烟雾弥漫，湖南、广西都闻得到鸦片味。凡是政府要禁止的，就有暴利。有人偷偷摸摸地搞，政府往往睁一眼，闭一眼。在睁一眼的地方和时间，要受重罚，在闭一眼的地方和时间可得大利。中央政府太忙，耳目不够用，总有些地方听不到，看不见，像三川半这样天高皇帝远的地方，中央政府也就只能让赵常代为管理。他有权解除中央政府的禁令，上面追查，就说是为了搞麻醉药。上有政策，下有对策。

龙二在三天之内筹得几万石粮食，他得到了赵常签发的鸦片种植许可证。

龙二收来的米有一半是霉米，他特别给每袋霉米配了张说明书，多淘洗，煮饭加点儿盐。那一时期因此流行盐贩。条件好一点的人家，还加点猪油，煮成油盐饭。米不能吃，要打扮着吃，像丑女打扮一番也赏心悦目。龙二拿到种鸦片的批文，叫人抄写很多份，每一份都能卖个好价钱。那些拿了批文的人去种鸦片。龙二再把鸦片收回来，他这样就赚了两道钱，先赚批文的钱，后赚鸦片的钱。他的一位把兄弟把种鸦片的批文卖到四川那边，人家说你那是三川半的批文，到四川有用吗？他那位把兄弟说，三川半能用，四川也能用，不就差那么半川吗？一时间鸦片种子紧缺，龙二养了很多信鸽，专门培训它们，让它们从云南和缅甸带回鸦片种子。那些信鸽先是强壮如鹰，后来染上鸦片毒瘾，瘦得像麻雀，它们飞着飞着就把鸦片种子掉下来，那个时候到处长满鸦片青苗。

## 二十六　人熊和洋人

刘艺凤生下一个男孩，四岁了，刘艺凤给他讲人熊的事。

男孩叫赵自龙。

人熊的手指像杀猪刀，把人开膛，吃人心肝喝人血。人熊假冒外婆进屋吃小孩。关于假冒行骗三川半早就有了，后来的电视算一个发明，假冒广告不算什么发明。刘艺凤对赵自龙继续讲人熊的故事，人的手臂戴上竹筒，人熊抓住以为是人手。等人熊笑到疯迷，人可抽手逃走。人逃走时选择下坡，人熊的腿不能弯曲，它追下坡会摔倒。刘艺凤的人熊故事是从森林里捡来的。那个时候，三川半有很多森林，大片森林连接三峡，连接神农架。人熊故事也就连接到后来的野人故事。

刘艺凤讲的人熊，直腿、高大、有毛、蓝眼睛。它的形状很像洋人，龙二说他在常德、汉口一带见洋人，洋人就像人熊。

四岁的赵自龙把人熊和洋人弄混，它们是同一种动物。

三川半不久就有了洋人。果然是人熊样，蓝眼睛，大个子，有毛，洋人还有洋钱、洋书、洋枪、洋炮、洋药、洋糖。洋人来了，三川半不知道洋人厉害不厉害，三川半不怕洋人，怕人熊。

洋人来了要办两件事：一是办洋庙，指洋和尚念洋经；二是找宝。三脚岩有一处深潭，常年流转转水，潭底有一副金磨子。洋人潜下去，偷走了金磨子，水就不转了。洋人盖洋庙的钱就是三脚岩深潭的金磨子。洋庙没有菩萨，只有一条男身挂在十字架上，像是犯人受刑。洋人为什么要让人看受刑？为什么不看观音菩萨的慈眉善眼？洋庙里的和尚穿黑色长袍、长胡子、戴眼镜，三川半人最奇怪洋庙没有香火。

那年夏天，三川半起了鸡窝症。人一窝一窝地病，一窝一窝地死。先死的先埋，后死的没人埋。人都死了，找不到埋人的人。洋庙里的洋和尚叫多福的，拎了药箱给人诊病，打一种叫盘尼西林的针，有人好了，也有人死了。三川半人烧了洋庙，要杀洋和尚多福。那时七红染了热病，赵常派人把多福捉来。打了针，吃了药，七红的病好了。赵常要把多福留在家里，多福不肯，说是要去给人们治病。多福在给人看病的路上，被三川半的老百姓捉住，用火烧死了。后来认领这桩命案的，是白莲教。再后来起了战事，洋人派兵来了，朝廷派兵来了。先杀白莲教，然后中国兵再和外国兵打仗。白莲教用大刀长矛，朝廷官兵用火药枪，洋人用洋枪。一个比一个厉害。白莲教练神兵，刀枪不入，一打起来还是死了。

那些日子，赵常常拉上他的五花马到长满嫩草的山坡上。五花马不吃那些草，那些草是从死人堆里长出来的，那些草很肥。

多福让人用火点着的时候，他大声地喊洋话，喊什么，没人能听懂。一个白莲教徒说，这狗日的骂娘，我捅你娘，日你祖宗八代。众人就给多福身上浇桐油，火越烧越旺，多福在火里挣扎了一阵儿，不动了。有人还要浇桐油，又有个上年纪的来抢了桐油，说别浇了，留着桐油有用，浸种子、油斗笠、油船、油纸伞、疗烫伤，桐油的用处大。

多福被烧死以后，又来了一些洋人，要三川半再修洋庙。这都是皇帝和洋人交涉的结果。洋人比皇帝大。这回来的洋人会讲三川半的话，有人闲着没事就去同洋人说话。洋人也会讲故事，小孩子们就去听洋人讲故事。三川半人很忙，没时间给孩子讲故事。无所事事的小孩子们就跑到洋人那里去了。洋人把玉皇大帝叫作上帝，中国皇帝就是下帝了。洋人开始给小孩子们种牛痘，种了牛痘不患天花。洋人那里总是有糖果，花花绿绿的。赵自龙过了年就五岁了，他最爱听洋人讲故事。洋人开始要赵自龙讲故事，赵自龙给洋人讲人熊的故事，讲了人熊的故事又讲水与火的故事。很久很久以前，天下了三天三夜棉花，又下了三天三夜油，再下三天三夜大火。人就被烧死了，像多福一样被烧死了。很久很久以前，天下了九天九夜大雨，水涨到南天门，人就淹死了，只有一个男人和一个女人躲在一只大葫芦里没淹死。

洋人一边听一边记，洋人对赵自龙说，你讲的是三川半《圣经》故事吧？赵自龙摇了摇头，这些故事是我娘给我讲的。洋人问赵自龙，人要不死有什么办法吗？赵自龙说，不生病，不打仗。饿了吃饭，病了吃药。洋人说，你就学医，当医生。赵自龙跑回去对刘艺凤说，娘，我要当医生。赵自龙五岁时拜了洋人师傅学医，洋人就是洋和尚、神甫邓肯博士。赵医生八岁时行医，十二岁成名，他又先后拜推拿大师刘开运为师，拜针灸大师郑荣女士为师，拜草药匠彭开开大师为师，十五岁赵自龙成为大医师。邓肯博士又教他进了教会医学院，学生理学、解剖学、药理学。二十岁的赵自龙和邓肯博士在三川半开了家医院，叫华佗大医院。洋师傅说这个名字好。华医生会开刀，会中药草药。洋师傅邓肯博士对赵自龙说，你要当华医生。

赵自龙做的第一件大事是给老爹赵常治病。

赵常突然从五花马背上摔下来，双腿疼痛，周身发麻。邓肯博士看了，说是风湿病。赵自龙翻了医书，只选了一味叫防风的药煎汤，服用半月，赵常的病好了，只是头发变白了。赵自龙又用蜂蜜调药，冬虫夏草温米酒。三月后赵常头发转黑，神清气爽。赵自龙对赵常说，老爹，我要你活两百岁。

后来，赵常每日服用蜂蜜加羊奶，活到两百岁。直到这本书的故事讲完，赵常还算活着。

赵常的五花马也活了些年头，赵常让马夫每日给马料中加上蜂蜜和羊奶。

赵常有一天想起三川半这块领地到底算个什么。这块皇帝不管的地方归他管。他不是皇帝，也不是皇帝的代理人。他看到不远处的山顶上有一棵大树，树上有一个鸟巢。三川半就是这样一个鸟巢。

它为什么会是这样一个鸟巢？

## 二十七 三川半向何处去

在赵常神清气爽的时候，龙二的鸦片得了好收成。三川半多了一些银号和镖局。大河边的洪市码头热闹堪比唐朝的长安城，除了银号、镖局，还有大烟馆、妓院。龙二把三川半的经济搞上去了，变成洪市码头一地繁华，这里满城歌舞，满街酒肉，每天银流不断，比大河水长。那些做大买卖或者做小买卖的客商离乡背井来到洪市码头，把这里做温柔富贵乡。一些本小利薄的生意人，进了几回妓院、烟馆，再去赌场拼杀，亏了血本，无颜见家乡父老，就留在洪市码头当帮工，或者出家到洪市大庙当和尚。

诗人彭努力正在写《后黑暗传》，一部三川半的史诗。人多人吃兽，兽多兽吃人，人多人吃人。谁使鬼推磨，谁使鬼捉人。诗人彭努力写下序诗，要作万行长诗，荡尽诗才。写下千行诗，闷了几个月，出去散心，驾船到了洪市码头。到市井逛了几圈，皱上眉头，叹世风日下，把洪市码头一片繁华骂尽，最后羞羞答答进了一家叫藏春楼的妓院。挑个标致的妓女上楼，喝茶饮酒吃点心，诗人彭努力坐怀不乱。这女子江南人氏，艺名叫欢儿。欢儿弹唱几曲，问过彭努力，

大哥，今儿欢儿是嫁给你了，你对欢儿就不动心？说了就自
个宽衣解带，将彭努力揽进怀里，用奶子喂诗人彭努力。彭
努力一阵糊涂，被欢儿破了处男之身。诗人彭努力不再是纯
情少年，把个冰清玉洁的身子糟践了。本来人世走一遭，要
搞出个恩恩爱爱高山流水的爱情故事来，哪知自己把持不住，
一锤子砸了，懊悔不已。欢儿拿毛巾擦净身子，又去洗净诗
人彭努力。诗人彭努力一声不吭，像输光了的赌徒。彭努力
躲避不及，被欢儿亲了一口。欢儿道，你这人花了银子在我
身上，都不知道享用，想是嫌我下贱，我本来也是金枝玉叶，
你只管把我看贵重点，就有了情绪。大哥，欢儿不知道你是
什么人，什么身子。你来了就要配合一点，不要坏了我的职
业道德。大哥，我看你这身子细皮嫩肉，像个官身，又像文
人身，这样的身子到了这风月场中，正如鱼得水，哪里是这
般呆滞？你要是个官身，想必挣得不少银子，这里撒点碎银
子也不伤你的心。你要是个文人，却只把这里当戏院，演一
回张生。诗人彭努力给说急了，说，我是个诗人！欢儿哎呀
一声，这不得了，被窝里钻出了李白、苏东坡，那我给你唱
孔雀东南飞，千里一徘徊。诗人彭努力百般地安慰自己，引
经据典给自己找理由。诗人彭努力在欢儿处过夜，一觉醒来，
见身边睡着个美人，又做了一回。趁天不亮，偷偷出了妓院。
洪市码头的早市已是热闹。烟馆赌场正通宵达旦。诗人彭努

力在石板街上转了几圈，没有个着落，又折回去，钻进欢儿的被窝。欢儿起床，给诗人彭努力打好洗脸水。又出去，一会儿买了早点回来。

诗人彭努力问过欢儿，知道欢儿原来是湖北一大官的二房。那官被仇家杀了，她又跟了一位开银号的到洪市码头。那开银号的赌博破了财，跳河死了，她就进了藏春院。诗人彭努力见这如花似玉的女子竟有许多伤痛，忽然就说，我要娶你。欢儿说，我命中克夫，你不怕死？

诗人彭努力回去找七红支了些银子，赎了欢儿。七红又为他们办了喜酒。诗人彭努力红袖添香，写他的《后黑暗传》。

白河，三川半的大河，七弯八拐，流经洪市码头，入沅江，进洞庭，接长江，连大海。洪市码头通江达海，一个旺码头。龙二在洪市码头开了十几家烟馆，几十家妓院和赌场，十几家银号和镖局。种鸦片的一纸批文让龙二发了大财。后来那些倒批文的，从地产买卖到军火买卖，都只赚点佣金，远不如当年的龙二那么成功。在龙二的时代几乎没有什么审查制度，龙二选择了正确的时间和正确的地点，一百多年前的三川半。那个时候倒批文的也就只龙二一人，搞豆腐渣工程的也只有龙二一人。那是个特别的"龙二现象"。

那个时候，赵常很犯难。要不要把龙二杀了？没了龙二，就没了钱，没了洪市码头的繁荣，就是说，不能好好地发展经济。

三川半向何处去？这是个比打仗更难的事情。赵常一身武艺用不上。三川半人走了很多路，一张古老的刺绣图记录了这些三川半人从远处走来，为了水和粮食，还有这里的草药。他们来这里不是为了打仗，不是为了种鸦片和发展经济。他们来到这里，在下雪最冷的时候也不离开，在干旱缺水断粮的时候也不离开。三川半人不是候鸟，是留鸟，他们热爱这里的森林和流水。

五花马在太阳底下打着响鼻。普照万物的太阳，三川半是太阳的一匹马。

## 二十八　屠刀成佛

赵常从洋人那里得到第一支快枪，这种东西不要火药和铁砂，只把子弹填进枪膛，射得好就会击中目标，几十丈远可以杀人。这种东西比弓箭和长矛要好，比火药枪也好。赵常练过一些时候，在夜里能击中十丈远的香火。他还用快枪射杀了一只在空中飞过的鹰。

这快枪好，他要龙二找来几个能造火药的铁匠，让他们造快枪，大概一年多时间吧，这些铁匠造出了第一支快枪和第一颗子弹。两年后三川半有一座兵工厂，赵常有了一支快枪队。那个时候，另外一个有快枪的人，从洋人那里拿到了武器，把皇帝打趴下了。这个人叫孙中山，他要造一个共和国，人民大，皇帝小。没了皇帝，三川半怎么办，赵常又有了难题。以前和皇帝签的契约还有用不？现在要签新的合同，甲方、乙方是谁？三川半是一张合同，这张合同跟谁签，要慢慢等，等上几年、几十年、几百年、几千年，山川不老。

合同未签，买卖还有。洪市码头照样繁荣。人流物流是别处来的，三川半没有那么多人和东西。三川半人烟稀少，人少不是三川半的女人不会生孩子，是三川半的男人不够多。病死老死饿死战死，男人成人，就被杀了。男人爱抛头露面，被杀的时候就多。人死了就像树落叶草枯死，让三川半肥沃。人肥草，草肥土，土肥庄稼。三川半死的人多，活的人日子就变得没那么挤。死人从来是为了活人。三川半的大天坑里有一群兔子，越生越多，把该吃的都吃光了，在一个冬天，那群兔子互相撕咬，结果全死光了，结果养活了蚂蚁和鹰。如果那群兔子事先开个会，一些兔子充当死亡志愿者，就不会发生这样的惨剧。三川半的人都不死，结局就是天坑里的兔子。三川半的战事，灾难，像是农事，让人一代一代地活下来。灾成福，屠刀成佛。杀人和被杀。让人记住，人是人的敌人和拯救者。

三川半的油桐花开，一朵一朵的似雪。积雪融化，三川半人开始播种。赵常的快枪队练好了。那个时候，三川半的周围也开始播种，也有了好多快枪队。一个营，一个团，一个军。这么多的军队和枪，不是为了猎杀野猪，是为了杀人。那个时候，最贵的是战马、快枪和子弹。一两鸦片烟换五颗子弹，一斤鸦片烟换一匹战马或者一条快枪。那个时候出了个狠人叫竹山，他的部队叫竹山部队。竹山部队要禁鸦片，龙二骂了几天娘，到汉口买回几百条枪给赵常，要他同竹山部队开仗。

兵报竹山部队打到大河，又报竹山部队打到桔唐坝，又报竹山部队打进三川半。赵常上了五花马，领了快枪队，去迎竹山部队。赵常叫龙二组织百十人运鸦片烟到前线，那些鸦片烟像牛粪一样堆成一堆一堆，浇上桐油，赵常点火把鸦片烟烧着了。南风吹过，烟飘向竹山部队，那边的大烟鬼眼泪鼻涕直流。好烟好烟！赵常向对方喊话，鸦片我们自己灭，不要动刀动枪。赵常端起快枪，击中对方旗杆，竹山部队的大旗倒了。再一枪，射中对方一匹战马，竹山部队的一位营长从马上栽下来。竹山部队朝天乱放一排枪，就赶鸭子一样地散了。赵常这边早备好二十匹好马，每匹马背上驮了一大包鸦片烟土，赵常一次呼哨，二十匹马直奔敌营。这边一齐呐喊：竹山部队的兄弟们走好，给你们送二十匹好马！

二十匹快马半个时辰到了竹山部队手中。竹山见了马背上的烟土，闻了闻，真货。能置办百十条快枪。竹山问副官，对方领兵的是哪个？副官说：叫赵常。竹山说：还他十担好盐，十个管得用的女人。我不欠他的情，下次碰上还要打，把我们的快枪练好。

三川半缺盐，赵常收到十担四川锅巴盐。先让狗舔了几下，没有毒，好盐。十个女子算不上绝色美人，一个个很标致，赵常交给刘艺凤。刘艺凤在她的剧团，天天练吹拉弹唱，练花鼓，练傩戏，练辰河高腔。那些女孩都是穷家小户女子，到剧团练了几个月，一个个练成一朵花。龙二巴结刘艺凤，义妹，我那洪市码头缺服务员，义妹能不能分给我几个？刘艺凤说：龙二哥，我答应你那些妹娃子也不会答应。看在义父的面子上，你少作孽。龙二说：义妹真是观音菩萨。我要几位女孩到洪市码头何等事，也不是跳火坑，陪人喝酒唱歌，还能拿小费，不比你这里强？再说，我帮三川半发展经济，搞经营、谋发展，还要背骂名，诗人彭努力骂我是王八蛋，把三川半世风搞坏了。义妹也不支持我。

刘艺凤说诗人彭努力骂你，我脸上发烧。你看你，是三川半的一把刀，杀人不见血，你搞鸦片烟，开妓院，办赌馆，办鸦片馆，害人家破人亡。

龙二不语。想他让洪市码头兴旺，创造了很多就业机会，又出了很多银子，都不算功劳，还成了罪过。好人谁不会当？立地就能成佛。

龙二叹了口气说，我去找义父，到峨嵋山当和尚去。


## 二十九　快乐福地


赵常用鸦片和好枪法退了竹山部队。三川半种植鸦片已不那么明目张胆，在不打眼的地方种植鸦片烟，在看得到的地方种玉米、红薯、黄豆、稻子。山坡上种油桐、油菜、草烟，园子里种菜和草药，养鸡鸭牛羊、养鹭鸶、水獭猫、养猎狗，养渔业农林。三川半的山林葱郁，流水清澈，没有泥沙塞河道。源头活水，洞庭湖、长江没有怨气。

家家户户的园子里有果蔬和草药。食有粮，病有方。

诗人彭努力得欢儿，又从七红那里领月俸，薪水相当于后来的高级职称。衣食够用，事事知足。欢儿让他知道男女之事。万事知足，唯独这男女之事不知足。三川半人对性事有个总结：畜生知足不知羞，人知羞不知足。比人过一点的是雄鸡，不知羞也不知足，见了母鸡就撒野。别的鱼虫禽兽没这个能力。有一种鱼，终生只交配一次。那一次倾其所有，公的把血肉全奉献给母的。人世男女要学得那样，就该惊世骇俗。人不惊世，是因为世面太宽，一石击水，波澜不惊。人不骇俗，因俗太深，如泽如淖。人原本享有双翼，进化为手足，原为涉俗，无翅能飞。

诗人彭努力有缘得俗，尽可享用。衣食无忧，他想写本叫《快乐福地纲目》的书。他让欢儿给他拿一把米、几粒铜钱撰上书案，想找些灵感，抓了抓头皮，还是写不出一个字来。又叫欢儿拿来一条鱼，一条活鲤鱼。诗人彭努力同鱼玩了一会儿，开始写书，一共写下几乐：

为官乐，为民乐，为匪乐，为贼乐，为乞丐乐，为医乐，为仙乐，为鬼乐，为妓乐，为父母乐，为儿女乐，为男人乐，为女人乐，为穷乐，为富乐，为生乐，为死乐，为爱乐，为恨乐，为行乐，为苦乐，为快乐，为不快乐。

有乐是福地。乐为天，福为地。地不分南北东西。日为福，月为乐。星辰为乐。山为福，水为乐。草为福，树为乐。

又，负重为福，轻快为乐。饮食为福，排泄为乐。起居为福，男欢女爱为乐。抱病为福，求医为乐。欠债为福，还钱为乐。见官为福，挨骂为乐。

又……

又……

又……

已是三更，油灯点着书稿，烧残几页。诗人彭努力眉毛着火，想救书稿已是残缺。补写又不能记起。与欢儿吃过夜宵，两人洗浴上床，相拥一刻，做起那事。做那事比写书好，不费脑筋。

到天晓，诗人彭努力还是一柱擎天。欢儿说，你这么硬下去一定长寿。


## 三十　大药方

这一日，赵常骑五花马巡视三川半，百姓耕作，日子安详，禾苗长势好，六畜兴旺。七红乘轿相随。

天气晴朗，有轻风乍起，青苗点头相迎。赵常领他的部队，七红有戏班子相随。这一行男女，从三川半的最高处下来，看看庄稼百姓。到一座风雨桥，有田姓老人卖凉茶。这个地方叫田家，田姓人多。家家堂屋供有田氏堂上历代祖先牌位。

赵常下马，七红落轿。赵常向老人施礼，一人要了一碗凉茶。人多碗少，先是赵常、七红喝了，众人再挨个捧碗。七红领的一班小戏子喝过凉茶，一个个叫苦。少顷，老人问，苦吗？是不是又凉又甜？众人觉是，又凉又甜。老人说，我这茶叫回甘茶，先苦后甜。这凉茶草木十八味。少年安神，老年延寿，女子增颜色，壮士可强力提神，喝一碗管三日不渴。

赵常再施礼，问过老人大名年纪。老人答田星五。到你等喝茶时正好活到两个甲子。一百二十岁。赵常、七红及众人称奇。一百二十岁的人竟是这样强壮。又来了一老人，送来烟叶和打火石，样子也就七八十岁。田星五介绍给众人，说是他的小儿。

赵常叫下人送给老人十个银圆。那时天下已经共和，改了币制，铜钱改成银钱，地方军头仍制铜钱，也有革命政府印制纸币。银钱算是好钱。

老人将十个钱放在茶案上，对赵常说，我这茶水本为方便过路人，不收钱。要给钱，也只是一个小钱管喝够，哪当得这许多钱？买一头牛也用不得这许多。

赵常说滴水之恩，当涌泉相报，我众人喝了你老的凉茶，这点钱只怕不够。

老人打量赵常，眉宇不同众人，有英气而斯文，是尚武且知礼的人。老人问，大人可是赵帅，赵常大人？

随从接话，这正是我们大帅。

老人说，昨日火塘里火苗笑，又梦见一匹马走祥云而来，今晨又见锦鸡落在屋前樟树上。今天要遇贵人，果然。我一早就在这风雨桥上摆茶恭候。

七红见老人很和气，不似一般山民，便问老人讨要凉茶配方，又叫身边的花香木香送上随带的熟肉米酒。老人也不推辞，便饮便吃。

酒肉过后，老人念出茶方。林中倒勾茶，山菊花，刺黄，狗牙草，晒不死，铁马梗，赶山梗，甘草，茵陈，青蒿，凉草，牛膝，首乌，茯苓，老虎姜，百合，九死还阳草，灵芝，十八味。

七红识草药，一一记在心里。

老人又说，我这方子，久服常用，可强身健体。强身则强兵，可助大帅。兵强马壮，若有敌犯我三川半，先胜算一半。我还有一方子，叫强心方，两药方一并服用，三川半胜算十足。

七红施礼，请老者赐教。

好肚肠，一条。慈悲心，一片。温柔，半分。道理，三分。信行，要紧。中直，一块。孝顺，十分。老实，一个。阴鸷，全用。方便，不拘多少。

赵常、七红听了直点头。

赵常说，老人家赐教强身方、强心方，在下感激不尽，日后受用匪浅，来日再谢。

老人说，谢天谢地不用谢我，我这两方子也是别人授我。

今遇大帅，能献上药方，为三川半受用有益，我也就心满意足。倒是小老儿受大帅厚赠，实不敢当。我权且收下，正有急用。大帅授人香草，手自留香。大帅给我的是真金白银。仙方不济事，这真金白银济事。老丈人那边要钱急用，我哪有钱借他们用？

七红心细心热，问老人亲戚家有何难事？

原来那家亲戚一小子想做官，把年猪卖了，耕牛卖了，田土卖了，只买得一个副乡长位置。副乡长顶多只能是乡长从指头缝里漏点出来给他。这小子想搞个好位置，官大一点的，差钱，只好向亲朋告借。

七红问道，自古以来，贤者为君，能者为臣，德才兼备为官吏。有科考，有皇命。哪有金官银官，可资买卖？

赵常心存疑惑，三川半还未设保甲县府，哪来了官位？三川半要有官位，也只有四个半官位。赵常管兵，龙二管钱，七红管戏，彭努力管诗，儿子赵自龙管医算半个官位。剩下人众无为而治，官商工任使，百姓自耕。就有金官银官，也无人去买。

老人又说，我那家亲戚也不在三川半，地接我三川半多半川的地方，那里官位越来越值钱。那些买得官位的人，一上任就要捞钱，先赚回本钱再赚利钱。这样就官富民穷，人人想当官，要当官，把个官价越炒越高。有钱人家个个当官，连车夫丫环也是官。差钱人家子女托人讲情送礼送钱，让儿女去官家当车夫做丫环，三两年赚下红包也可买一条牛，盖一栋屋。

赵常听了长叹，如此官贵民贱，不种庄稼只种官，地里不长粮，金官银官成饿官，与民争饭，天下将乱。

老人又说，以后三川半设保甲县府，千万莫这样搞啊！

赵常连连点头。七红说，三川半里先辈留下的净土，我们后辈要勤耕洗晒，不能污染。

赵常人众在风雨桥上打了个盹，睁眼便不见了老人和他的茶摊。


## 三十一　天香

赵常一行正打道回府，天忽然落雨，雨夹万朵花飘洒。众人以为是雨夹雪。想这阳春天气，南国气候，甚是温暖，哪有雪来？

七红听轿外称奇，撩开轿帘伸手一捉，竟然是花，奇香。果真有仙女散花，落满世奇香？

一行人翻过朵洛山，到了十万坪，竟是晴天。众人若梦中出来。遍地是金黄色的油菜花蜜蜂蝴蝶还有金甲虫，轻拈细翅，整得花枝乱颤。

在这花枝乱颤的时刻，辛亥革命走向共和已有时日，鉴湖女侠虽经十名士具保，终于被杀。杀人者屠刀向美人难免手软，先找伙夫搜刮锅灰，涂黑美人脸，让其丑陋不堪，下刀利索一些。

天女散花，世出女杰。

万家墨面没蒿莱。

刚刚共和，天下群雄争势，军头割地。

三川半仍然三川半。

这一回是七红约了女婿赵常巡视三川半，刘艺凤留守大本营。三川半外头来了人，传来公文，委任赵常为三川半大都督，设府县保甲。刘艺凤接了公文，留来人，请了好酒菜。备马迎接七红和赵常。

赵常、七红回到大本营，又设大宴，刘艺凤请上来人。来人一身军装，扎皮带，挂盒子枪。自称陈团长，也是三川半边缘人士，革命后入伍杀敌有功当了团长。陈团长酒量好，赵常一碗他三碗。七红的拿手菜是腊猪头肉，一整块猪脸连双耳，久蒸烂熟，作料有色有香有辣味。陈团长正喜欢吃这道菜。几碗酒后，陈团长要与赵常结拜兄弟。赵常见来人豪气，便结拜为兄弟。

陈团长报上名号，生辰年月。陈大任，辛亥年五月初五端午节出生。属猪年。赵常也报上生辰年月，也为辛亥年五月初五端午节出生。最后论时辰排仲昆。赵常称辰时生。陈大任道，这就奇了，在下也是辰时生。最后，陈大任递过酒来，今日是我来拜码头，赵大都督做东，理当为兄。赵常客气了一番。赵常为兄，陈大任为弟。

酒席散。陈大任叫随从示出大都督铜印，呈上礼品。机关枪一挺，迫击炮一座，快枪二十条，子弹、炮弹百十发，名酒好瓷，银圆绸布。

赵常领受，约陈大任茶叙。赵常说，弟厚赠这许多，叫为兄如何担当？

陈大任道，这只不过是个礼数，比起三川半的厚实，这些东西不算什么。兄在三川半无为而治，也不在乎这大都督职。只是普天之下，莫非王土，一切都要个名分。日后，若弟有难，在外头混不下去，来三川半给兄当马夫，兄若能留，也是弟之福气。

赵常道，弟是经天纬地之才，日后兄要仰仗贤弟才是。

两人气投意合，直到三更。

赵常似梦非梦，见彭锭踏云而来，佛珠失落，若下冰雹。赵常醒来，满屋异香，绵绵不断。

赵常生疑惑，这异香主何事。第二天到大庙叩拜彭锭金身，为三川半祈福。

这异香原是万事万物相济相生，化为天香。闻得天香者，大彻大悟，惜怜世间，无善无恶，无是无非，无冤无仇，无尊卑上下，通日月，行天下。

万物千锤百炼，始为天香。

赵常闻天香，已成长香一支，心香同天香。

这一年小季收麦，大季收谷，三川半满仓。

刚剪完辫子，新生活开始了。共和国发起了新生活运动。那个时候，沈仲文已不从军，他写了一篇关于新生活运动的小说。

三川半洪市码头开风气之先，一派新生活气象。

三川半的种植还是没有变化。春种秋收。新生活来了也一样，辫子剪了也一样，小脚放大也一样。田里种稻子，坡上种苞谷。


## 三十二　妖风

卯洞，就是一条大河穿过的那个洞。洞顶有一群蝙蝠。洞中放木排的人一声号子，惊飞了这群蝙蝠，翅膀一齐扇动，引动狂风，那群蝙蝠乱飞，狂风乱吹。这风由洞口出，五里，十里，百里，拆房折树。三川半一片狼藉。

直到有一只蝙蝠扇坏了自己的翅膀，从空中做了几个后翻滚跌落下来，其他的蝙蝠像受到传染，也跌落下来，这场风暴才慢慢停止。

这样的风暴在亚马孙河也发生过，不过那是由一只蝴蝶扇动翅膀引起的。风，本来就潜伏在什么地方，只要有什么东西引一下，它就会动起来。这世界上，最爱动的就是风。

三川半的木客坚信这是妖风。这卯洞的悬崖上还有一处洞，叫仙人洞，是三川半人的祖先藏宝的地方。洞内藏有金碗银筷玉盘，仙人洞有石梯一座。三川半人做红白喜事，可去洞内借金碗银筷玉盘。有借有还，神仙也乐意借给凡人一些富贵豪华。后来人长贪心，借去金玉，还给铜铁，把神仙的收藏变成凡间的贪心。神仙不悦，便用万钧雷霆炸烂石梯，人再不能进仙人洞。直到很多年后，考古发现，仙人洞内果然只剩得铜器石器，不见金银宝玉。

那些木客再过卯洞，不敢吭气，怕惊动蝙蝠引来风暴。那些蝙蝠，是仙人洞的老神仙养的神鸟。

三川半说事一般不求正确，比方说妖风，只有风，哪来的妖？把风说事，说妖风，内容要丰富一些。那些含混不清的丰富，让季节、让日子多一些味道。

起妖风的时候，赵常骑了五花马，迎风冲出很远，又迎风放了几枪，风就停了。猎虎猎狼的好手多，猎风的自古往后，也只有赵常一人。

三川半人说风死了，像一头野猪被猎杀。往前一些年月，石达开领军从三川半过。三川半人说长毛来了。按照历史正确的说法，叫义军，太平军。三川半对来势汹汹的人有些恐惧，就呼长毛贼子。这正对应了朝廷的说法，这说法跟历史的说法过不去。反正历史就是历史，不会让三川半人说歪了。去打皇帝叫义军，打垮了皇帝做皇帝就变了，不再是义军，要挨别的义军打。这后来的话历史就不说了，三川半人所以乱说。

有人死了，三川半人叫办喜事，一顿锣鼓，一场哭唱，像一幕大戏。

大风吹垮了房屋，那些一代人两代人甚至三代人盖起的房屋，一下子像风筝一样地放走了，没有了。三川半人发现，一切都不会是自己的。没有了屋子，就不怕了，不再需要翻修，不再怕屋子漏雨，不再需要关门防贼，一切就这么简单。很早的时候，三川半的祖先来到这里，伐林种植，打井造屋。风一吹，祖先留下的那面装满生活的镜子打破了。先找个岩洞住着，然后再造屋。水井还在，田土还在，人不能走。

赵常不急。刘艺凤不急。七红不急。诗人彭努力不急。龙二也不急。洪市码头的房子好，没被风吹倒。

赵常不急，他知道三川半的日子不会被风刮断，太阳和月亮去了又来了。好日子坏日子都来，这才叫日月丹心。

大风把王家寨的肥猪吹到李家湾。李家湾的羊吹到夏家峒。天上掉下来肉，烤着煮着，大家来吃，像过节。

茅屋倒了，瓦屋也倒了。茅草和瓦片在天上一起乱飞，像富屋和穷屋一起跳舞。

大风刮起的时候，三川半的女人都抱紧孩子，男人抱着柱子或树干。女人的头发飘起来，男人的帽子飞起来。从那以后，三川半的孩子有了危急情况，一般只叫娘不喊爹。做娘的对儿子进行心理抚慰，那样的情况，爹的命要紧，他争取活下来是要养家的。孩子不懂，要是我们死了呢？当娘的说，爹再找个娘，再养家。要是爹死了，孤儿寡母怎么办？让狼来养啊？孩子不说话了。他知道屋后头有个半边坟，埋的姑姑的一条腿，姑姑叫狼吃了，只剩下一条腿，半边坟。那时候树多狼多。姑姑被狼吃的那年是灾年，人把能吃的东西都吃光了，狼就吃人。

妖风把玉米吹倒了，稻子吹倒了。王开明种的是红薯，红薯不怕风吹。他住的是岩洞，岩洞也不怕风吹。他没老婆，只有一个老娘，他唱山歌。别人不会说他幸灾乐祸，不会说他疯了。他刮风不刮风都唱山歌。这王开明红薯丰收，要挖一个贮藏红薯的洞。几位乡邻就说，开明，人家娶婆娘你去喝喜酒，去送个人情，你现在要挖红薯洞，也算你家办了件

大事。你家的肥猪也未被风吹走，杀了请大家吃肉吃酒，大
家还你个人情。

王开明杀了肥猪请乡邻吃饭喝酒。大家吃了肉喝了酒，
就走了。没一个人送礼，哪怕是几碗苞谷籽几个鸡蛋也没送。
王开明的老娘直叹气，这人情比妖风还狠。也听说洪市码头
的姑娘多，又漂亮。老娘说，开明我儿，明年我儿多种红薯，
娘给你多喂一头肥猪，你到洪市码头娶个媳妇来。

那几个月，赵常和刘艺凤到处看灾情，七红领着戏班子
到洪市码头义演筹钱救灾。那个时候青苗法已成为三川半大
法，赵常依法要洪市码头的有钱人家出钱。那个时候，三川
半的有钱人都搬到了洪市码头。龙二说风大他的损失也不小，
出钱不多，他又找了些旧衣服烂粮食充数。

东拼西凑，三川半的日子挨过来了。第二年春天耕种照
样。灾年过后是丰年，这年收成很好。


## 三十三　聪明日子聪明街


王开明挖红薯洞办酒席。人家办红白喜事办酒席，盖房
造屋办酒席。最小的酒席也是生儿女添喜过生日办寿酒。王
开明没有那些办大事的条件，王开明只搞了一件小小的喜庆，

为他的红薯丰收，费了些酒肉。

王开明的妈，都叫大姨妈。大姨妈就是大姨妈，不是别的。

大姨妈问王开明，请人吃酒的那天是单日还是双日？王开明想了想，那是初九，单日。大姨妈说，难怪，单日人就很蠢，双日人才聪明。人不能天天蠢，要隔一天蠢一天是不是？大姨妈又问王开明，今天是单日双日？王开明说今天是双日，初十二。大姨妈说，十二就是十二，不是初十二。要记好，这是常识。今天双日，是人聪明的日子，我们就要想事。开明我儿，我跟你讲，你为什么没爹？王开明说，都不是我爹，你也不是爹。大姨妈说，你有爹，你爹叫刘金刀杀了。刘金刀就是刘艺凤的爹，赵常的干爹，他的岳老子。你爹是个流官，从上面流下来的官。哦哦，王开明说。大姨妈说，我们家为什么穷？王开明说，还好还好啦。大姨妈说，我们家穷是年年要还债，借了还，还了借。有你爹的时候，不是这个样子。

王开明想不起有爹的时候是什么样子，他爹死的时候他才两岁。

大姨妈说，不能这么算了，我们要想个办法。

王开明说，有什么办法今天赶快想，今天是双日，人聪明。

大姨妈说，你有个姑奶奶，叫七红，给彭家做小，后来
又跟刘金刀，后来又跟彭家，你这位姑奶奶多年不见，她年
轻时我们一起玩，她心肠好，叫花子上门来，她给糍粑给大
个的，给钱多给一个。我们找她，也不讲以前的恩怨，只图
个好处。等得了好处，娘给你到洪市码头找个乖婆娘，回来
盖大屋，办酒席，欠了我们人情的都请来吃酒，不怕他们不
还人情。他们欠的人情也不能就这么算了。

王开明说，我们去找好处，红薯怎么办？大姨妈说，红
薯留给野猪去吃。我们这几年天天守在红薯地里，野猪也恨
我们，我们一走，野猪也就高兴了。

这一带野猪成群，它们最喜欢进犯的是红薯和苞谷。红
薯成熟的季节，王开明和大姨妈用大楠竹做成的吼筒敲打，
把野猪吓得不敢下地吃红薯。这一带的野猪恨王开明和大姨
妈。要是它们碰上王开明进山砍柴，一定咬他个半死。

王开明对大姨妈说，找不到姑奶奶怎么办？大姨妈说，
找不到姑奶奶，也算我们出去见了一回世面，再回来种红薯。

王开明说，那好，今天聪明，我们就走，明天怕走不
成了。

母子俩带上红薯做的干粮，红薯粑粑、蒸红薯路上吃。
还带了一大包红薯干送给姑奶奶。他们一直奔大河边走，姑
奶奶家在大河边。大河边有田坝子。河里有鱼。姑奶奶命好，

吃大米，吃鱼。

第二天，母子俩来到一个叫聪明街的地方。聪明街，聪明人无数。这些聪明人长的眉眼就不一样，无论怎么看都是聪明相。这些聪明人脸比较窄，脖子比别人长一寸半。聪明人一般来说脖子都比较长。脖子越长人就越聪明，所谓一寸脖子三寸智。聪明人的聪明都长在脖子里。脖子长，转动脑壳就很灵活。世界上最聪明的动物是长颈鹿，其次是鸵鸟。

聪明街的聪明人对一般人只用后脑勺讲话，见了王开明母子，个个用后脑勺问他娘俩要去哪里，大姨妈说去找姑奶奶七红，在大河边。一颗后脑勺告诉他们，七红是名人，我与她老人家有交情，你们向东走一百五十一里半，就找到她老人家了。见了她老人家带个问候，说聪明街的王大人想念她老人家，要请她老人家喝酒。另一颗后脑勺告诉他们，向西走一百一十里就找到七红姑奶奶。她住的是大瓦屋，吃的是蛋炒饭，伙食好得很，到她老人家屋里吃什么有什么，不要钱。还有说向南的、向北的。一颗小后脑勺告诉他们，你们一直往河边走，找到了大河再一直沿河往下，六十多里路就到了。最后，王开明娘俩听了小后脑勺的话，因为他指的路近。

大姨妈抓了几把干红薯片给那些聪明人，聪明人高兴得不得了。聪明街拿干红薯片当钱使，一片干红薯片等于一片金叶子。聪明人觉得这娘俩很有钱，跟有钱人打交道留交情不吃亏。他们决定送王开明母子一匹好马，这样赶起路来快一些。他们还拿了些金叶子换他们母子的干红薯片，这干红薯片是最好的钱。聪明街用它当钱真是聪明，这种钱平时可以当钱花，救急时可以当粮食饱肚子。金钱银钱铜钱，哪一个钱能吃？

王开明让娘骑马。大姨妈骑在马上走了一程，说是头晕了只好下马。母子俩只把干粮行李让马驮着，赶马前行。又一日，母子俩到了个比聪明街还热闹的地方，这就是洪市码头。这地方人走路脚步不响，口袋响，口袋里都是钱，银钱响，纸钱也响。衣服响，皮鞋也响。这些人跟聪明街的人不一样，不用后脑勺说话，他们用下巴说话，他们个个鼻孔朝天，等天上掉下金元宝来。这些人一个个品相十足，男人是男人味，女人是女人味。老人不吐痰，不养狗，养个年轻女子陪走路。孩子不叫娘，叫哎哟妈咪。

王开明母子看洪市码头热闹如戏，心里欢喜。好看的地方都是戏，吹拉弹唱热闹得很。人们见母子俩和一匹马，以为是耍戏的，又不见有一只猴子和一面锣。这洪市码头的人有见识，他们认人先认马。见母子俩衣裳不堪却有一匹好马，想他们来历不凡，不是来耍把戏的，可能是暗探，查税，查赌，查鸦片。这地方是赵常大都督的天下，中央政府管不着，管他什么探。早些时候也来过暗探，吃饱了打了几个饱嗝就走人了。三川半天不怕地不怕就怕赵常一句话。

王开明母子过了一家饭馆，那香味让他们记起一天没吃饭很饿了，想进去吃饭，不知道人家是收金叶子呢，还是收红薯片？

里面有一吃饭的女子，见有人带马来吃饭，很是稀奇。打量来人很是眼熟。母子俩一见女子，也是眼熟。大姨妈想起那是一位要饭的女孩，给过她几个红薯的。那女子也认出了母子俩，起身领母子俩进去入座。女子又招呼店小二把马拴了。

女子又点了几个菜，请母子俩吃饭。王开明不敢多看那女子，只是低头吃饭。大姨妈多看了女子几眼，只说姑娘原来这般漂亮，仙女一样。吃了饭，女子领母子俩到一僻静的茶楼喝茶说话。问起母子俩怎么到这边来了，大姨妈把母子俩这回出来找姑奶奶七红的事说了。姑娘说，你娘儿俩有这门亲戚就早该去认，不必受那么多穷苦。七红她老人家可是三川半的大人物啊。

大姨妈又问起姑娘靠什么亲戚在这热闹地方安身？可是嫁了个好人家？

姑娘便从头说起，死了爹娘，在外乞讨，后来被一好心人家收留。后来有仇家杀了人，烧了屋，把她卖到这儿来了。

在藏春院做事。大姨妈问，那藏春院是医院还是戏院？姑娘做什么事？姑娘说，就是——就是陪男人，卖身。大姨妈说，那好那好，比讨米强，卖身好，卖身好。姑娘说，贱命。大姨妈才知道刚才话说得不对，便打了个岔，问姑娘芳名。姑娘说，我叫如是，原先也算是个体面人家，爹爹是个教书的，得肺病死了，娘不久也死了。自小学得琴棋书画，也想嫁个体面人家，却不想落这般地步。

大姨妈说，姑娘是该嫁个体面人家。

如是说，我现在不是自由身，等我赚够了钱，把自己赎出来。

大姨妈叫王开明把那些金叶子拿出来。大姨妈问如是姑娘，不知道这些当不当得钱，如是姑娘拿去买回自己的身子。

如是看了那一堆金叶子，说，这么多金子，买十个如是也够了。只是我哪敢收你老人家的厚赠？日后怎么还你？

大姨妈说话不拐弯，对如是姑娘讲，这些东西是聪明街的人给的，几把红薯片换的，不值什么。如是姑娘用得上就拿去用。我这儿也没娶婆娘，等如是姑娘有了自由身，我让姑奶奶七红做大媒，娶你做我家儿媳妇。如是姑娘也不要担心，我这儿子也不蠢，日后有他姑奶奶七红调教，也会有个好出息，有个养家治家的本事。不瞒如是姑娘，他爹以前也是官。怕仇家来找，我娘俩住岩洞，装蠢子。

王开明听娘说自己不蠢。以前逢单日蠢，逢双日聪明，把人搞蠢了，他现在觉得自己不蠢了。他望了望如是，如是对他笑。如是说，老人家讲哪里话，我只怕配不上。王开明又望了望娘。大姨妈说，我们把亲事定了。你拿这些金叶子给人家，一手交钱，一手拿回自己的身子，到姑奶奶七红家找我们母子。如是姑娘起身敬茶，认了婆婆和丈夫。王开明也一时变得聪明活跃起来，拿茶敬过如是。

三个落难之人，人生遭际，命运多舛，母子做蠢人，女子做贱人。天上人间走一遭，看过世情，历过世事。知苦知甜，知冷知暖。练成人心。大难不死，必有后福。

命运来由，从来不能就这么算了。如草木冬枯春发，又花闹似锦。有根就能发芽。

如是姑娘得了金叶子，对藏春院妈妈说要从良嫁人。给了妈妈几片金叶子，妈妈甚是高兴。置酒庆祝如是姑娘从良，约了众姐妹。如是姑娘又拿了些散钱，分给众姐妹。第二天，如是姑娘便搭了船，去追王开明母子。

门人报七红，有客人来了。七红出来，见是娘家人，喜出望外，她原以为娘家人死绝了。

七红将大姨妈母子引荐给赵常，说来王开明的老爹正是赵常父亲赵流官的部属。

好酒饭招待了，七红安排母子上房住下。叫人侍候洗了热水澡，母子俩把岩洞里的臭气洗掉。早有人送上好衣服换上。

大姨妈在姑奶奶七红家四处打看，只叹，好大屋，好住处。

王开明一夜未眠，想着洪市码头遇上的如是姑娘，又想着老家的红薯是不是叫野猪吃了。

·姑奶奶七红要留母子多住些日子。大姨妈听出多住些日子，那还不是要让他们走人？

大姨妈说，姑奶奶，你家这么大的屋，扫屋也要人，我就帮你扫屋。我儿子也可以帮赵大人看马。

七红说，我要你们多住些日子，是还没给你们安排好。我要给你们盖一栋屋，再置些田地。你们母子有个安身之地，你们是我娘家人，哪能当佣人使唤？

大姨妈听了眉开眼笑。对七红说，姑奶奶，那好那好，钱我这里有些，不够的话你再添上。

大姨妈拿金叶子给七红看看，说起聪明街的事。七红看了那些金叶子，都是些纯真金的古钱。

七红说，那聪明街的人确实聪明，三川半用的水车、风车、火药枪，都是他们制造的。那里的人脑子好，最会想新办法，他们后来就想到造钱，自己造钱自己用。他们今天拿这样东西当钱，明天拿那样东西当钱。搞来搞去，他们自己也不知道什么东西是钱。他们想钱把人想疯了，不过他们不缺钱。听说太平军在那里藏了很多财宝，你那些金叶子怕就是太平军留下的。

大姨妈问，值钱吗？

七红说，够买一坝田。

## 三十四　那些野猪

老野猪打了个喷嚏，一颗很长的獠牙就断了半截，掉在地上。这个冬天太冷了，冻坏了野猪牙齿。很冷的空气钻进鼻孔，像冰一样。

一群野猪钻进了王开明住过的岩洞，这地方好住暖和。那些野猪吃完了王开明种的红薯，就住进他住过的岩洞了。

这个世界，你空出一个位置，他就来了。人空出一个岩洞，野猪就来了。王开明投奔姑奶奶七红，野猪就来投奔他的红薯和岩洞。人往高处走，野猪跟在人的后边走。

王开明在姑奶奶七红家一宿，差不多忘了岩洞和红薯地，人有些事是要留给野猪处理。如是搭的是上水船，第二天过午才到。大姨妈将如是引荐给七红，说是儿媳妇。七红见如是一身光鲜打扮，像个风尘女子，就问如是，姑娘从洪市码头来？如是点了点头。

这边王开明和如是成亲，日后话长，按下不表。回头再说那些野猪。

野猪大对野猪二说，这岩洞里人气味太重，我们的屎尿也没搞掉它。野猪二说，这是我们自己的气味，你没搞错？野猪三说，猪气人气都混在一起了，我是闻不出来哪是猪气哪是人气。野猪四说，这个冬天太不像话，爷爷的牙齿冻断了，那么好看的獠牙，一下就断了。野猪大说，你没看见竹子都冻断了？野猪四说，一到冬天，人最可怜，他们身上不长毛，只好穿衣服，不穿衣服，他们也会冻断了。野猪三说，断了不就死了，他们一断就死了。人用刀把人砍断，人就死了。人立着走路，像一根竹子，很容易断。

冬天在洞里不能出去，野猪话多。这群野猪在这个岩洞里沾了人气，刚刚学会讲话，猪话和人话混杂，像方言和官话混杂一样，说起来好玩，野猪们冬天无聊，不会赏雪滑冰，说着话好玩。猪话本来是用鼻子说的，人话用口舌。猪舌头笨，还是练出点话功，它们把说话当游戏。

野猪大又说，人不长毛怕冷，鱼不长毛不怕冷，照样在水里洗澡。蛇无毛也不怕冷，蛙无毛也不怕冷，一到冬天它们就睡大觉。

野猪二说，有毛的也未必不怕冷。我看到一只红嘴鸟，冻在雪地上，好可怜的，我想帮帮它，却做不到，好可怜的。

野猪大说，有些事，只有人才能办到，自古以来，事在人为，猪不可为。先祖猪八戒也只是帮高姓人家劈劈柴挑挑水，当当女婿，捉妖拿怪也只是跟猴子起哄。好在我等猪们远离人间，得山林可居，连老虎也不敢惹我们。

几头野猪正在摆龙门阵说闲话，忽然野猪六慌慌张张跑进来。野猪大忙问，老六去哪里了？是不是有猎人追过来？野猪六不吭声。几头野猪一阵追问，野猪六才说话。原来野猪六在岩洞里闷得慌，下到林寨，受一家养的小母猪勾引，同食猪潲，同睡猪窝，甜甜蜜蜜过了些快活日子，不想被那家主人发现，一阵乱棒，鸳鸯分飞，狼狈回洞。

野猪大说，老六，做家猪有吃有喝有小母猪，只是喂肥了要被宰杀，以后千万小心。不要偷偷摸摸做贼女婿，招来杀身之祸莫怪我们兄弟不救你。

野猪六回到岩洞几天不吃不喝，害起相思病。老野猪知情，苦言相劝，说得了小母猪，日后拖一群小猪崽，终是苦差。过了些日子，野猪六如大病好来，猪心也老成许多，又快活起来，时不时找母野猪的麻烦。

后来，三川半的鬼才黄永钰有诗为证：

天天结婚，毋须离婚——公猪。野公猪家公猪皆是。

野猪占了人的地盘，王开明的猜想有道理。

## 三十五　好亲戚

王开明和大姨妈在姑奶奶七红家住了些日子。七红做大媒，王开明娶了如是。姑奶奶七红历经世事，人情练达，多善解人意，又经江湖人生，重情重义。把王开明婚事大操大办，请了十几个吹鼓手，热闹一场。龙二拿了苏州绸缎给新郎新娘做新衣，赵常猎了一头野猪做喜宴，刘艺凤送了一对银耳环给如是。三川半有头脸的都来贺喜。流水席开了三天三夜，还有人在路上赶路。

有门好亲戚办喜事容易。大姨妈直叨姑奶奶好，人缘好，面子大。就是王开明爹在世，也搞不出这么大的排场。

如是新婚一夜流泪，王开明直喊外边送毛巾来，外边下人送了十几次。几个下人窃窃私语，这洞房里哪里这样湿？是上头漏雨还是下边冒水？

如是止不住流了许多泪水，那些点点滴滴的苦难，在心里积成个泪潭，今夜是她归宿，她把往日里那些笑颜变成长哭。王开明母子装蠢的时候，她一直装笑。人来寻欢你要笑。

如是止住了哭，心里还在哭，脸上笑了。

如是不哭了，王开明倒不知道做什么了，他有些手足无措。如是帮王开明脱了衣服，又自己脱了。对王开明说，今夜我是你的新娘，这是你我两个人的酒席，你不要我劝你吃酒吧。王开明说，我不会喝酒的，从来没喝过酒。如是说，我就是你的酒，你的肉，你就把我吃了。王开明说，我不知道怎么吃。如是说，你慢慢吃，别急，慢慢……对，就这样……如是就这样教会了王开明做新郎。以后的许多日子，许多事，都是她教会他。

如是说，在洪市码头那些日子，我一直等着有一个男人来接我，骑大马，背快枪，把我抢了，驮在马背上就走了，远远地再不回洪市码头了。见到你的头夜，我做了个梦，见有个人带了一匹马来接我。这个人就是你。见了你们娘俩，我知道你们要我，不嫌我贱。

王开明说，我娘说，你像仙女一样，三川半没有比你更美的女人了。你像姑奶奶七红年轻时一样漂亮，我不敢看你。你看，你就做了我的新娘。

这时候，月光照过西窗，如是的眸子明若星辰。她盛开如花，她真的是个新娘子。

她说，我是你的新娘。

他说，是的。

那些风尘日子，她次次对人说过的话，她这次说的是真的。

她说，真的。

他抱紧了她，你是真的。你不是妖精，也不是神仙。你是我的女人。

她把脸埋进他的怀里。她说，我只是你的。那个时候，我饿极了，你给我两块烤红薯。你那样看着我，狼一样的眼睛，我想你要把我吃了。你如果……那时，我多小，我还不够做你的女人。那个时候，如果是你，脱光我的衣服，你会发现，我什么都会好了。只是可惜了后来，我真的把你给忘了，我只记得那两块烤红薯。再后来，你找到我了，是你的还是你的。别人要不走。

他用手指摸她的小嘴，女人的嘴关不住话，女人想的真多。

日子像一条金线，绵绵的，长长的。日子在女人的手里是一件针线活，慢慢地缝，慢慢地织，把日子缝成新衣，织成锦缎。

新婚后的一个月，大姨妈一家三口离开了好亲戚的大宅，也没去要姑奶奶七红给他们建的新宅子，他们回到原来的老家，当然不是那个岩洞，是当初他们逃离的那个家。一座砖木建筑的老宅子，有三进四个天井的大宅。一家三口要在这里安身。那个时候是一家三口，现在也是一家三口。去了一个人，又进来了一个人。

七红送给这个家三个佣人、一个厨师，几担米、几筐腊肉、两担油、一担盐、十担木炭。还有洪市码头银号的银票。有好亲戚，要为一个家也实在不难。

王开明的杀父仇人早死光了。他的杀父仇人是一伙土匪。他们不是为了杀流官，是为了抢钱财。杀流官是一句口号，有了这口号他们才好抢钱财。土匪杀人抢劫不需要理由，有个理由做事才体面。土匪有土匪的面子。三川半有几十个土匪团伙，互相比枪多人多，比胆子大，比手段毒辣，也要比声望。声望高人气就旺，人气旺队伍就壮。杀老王的土匪抢了钱财就去抽鸦片，一个个成鸦片鬼，别的土匪又去抢他们，一打就垮。剩下百十来人躲进山洞，遇到山崩，全活埋在山洞里。那洞里又有几条大蟒蛇，没死的也被蟒蛇吃了。

老王被杀，王开明还小。大姨妈是个只有恐惧没有仇恨的女人。一家三口回家，只带给养，没带仇恨。

仇人没有了，仇恨也没有了。有的故事的结局就是这样，平淡无奇。

燃了几天烟火，一家人连佣人七张嘴，一天要吃半斗米。大姨妈对王开明和如是说，坐吃山空。我们这点家底哪比得一座山？姑奶奶帮我们为了这个家，我们总不能再吃姑奶奶吧？

王开明一摸脑壳，我会种红薯，拿红薯片到聪明街换金叶子，再拿金叶子到洪市码头换钱。我们这个家就吃不空了。

大姨妈说，儿呀，你没听姑奶奶讲，聪明街每天都在变钱，今天这样是钱，明天那样是钱。红薯片人家已经用过，还能当钱吗？

如是望了望这大宅子，叹了一声，好大的家啊！如是说，娘，我在洪市码头有个好姐妹，叫金玲子，她的相好是开银号的大老板，我们把姑奶奶送我们的银票转到那个银号，当作股本，每年也有些进项。大姨妈问，把钱交给人家，靠得住不？如是说，靠得住，那个人我也很熟，叫李家富，人老实本分，是江西老表。他一个人在洪市码头开银号，没带家眷。金玲子就成了他在洪市码头的家眷。我对金玲子讲，要她帮这个忙，事情就成了。大姨妈听如是讲得仔细，有理。就说，我还有一些聪明街的金叶子，也都拿去。如是说，这些金叶子留着，以备急用。

大姨妈开心一笑。有这样的儿媳妇，这个家就撑得起了。

娘三个把事情商定后，如是拉了王开明，里里外外打量这座宅子。看完了，她问他，你说，我们这宅子大不大？

大。

大，就有大的难处。你啊，要担得起这个大。

有你啊！

你是当家人，这个家要靠你。以后呀，我只给你生孩子，添人口。家里的事你不要担心，外边的事你件件要用心。

如是告诉王开明，第一是不准他病，要有个好身体。第二要有个好脑壳，想到做到。第三要有个好心眼，诚实待人，实在做事。第四要有张好嘴，该说的不留半句，不该说的不吐一分。

王开明只是点头。

如是自幼懂算盘，会唐诗宋词，还练过颜体柳体。她用了些日子让王开明学珠算，背唐诗，练字，又教他洪市人是怎么说话。要王开明三伏天烤炭火，三九天洗冷水澡。养了一条大黄狗，要王开明每天去追赶黄狗，能捉住狗尾巴才能休息。

如是精心雕琢，把一个好男人练成了。

王开明会骑马了，男人会骑马是一件大事。

如是备了顶轿子，王开明骑马，一匹好马。沿河走几十里，到了洪市码头。洪市码头依旧繁荣。说三十年河东，三十年河西。这洪市码头，已经繁荣了一甲子。从龙年到龙年，常盛不衰。

如是和王开明先找了一家体面的客栈落脚。梳洗毕，如是就去找好友金玲子。你稍等，我就回来。不一刻，如是领金玲子来了。王开明乍见金玲子，自是一愣，以为又来了位仙女，这洪市码头，哪来这些漂亮女人？金玲子穿一件紧身云锦旗袍，一双绣花鞋。画出来的眉眼和嘴鼻，分毫都在好处。

如是说，这是金玲子妹妹，这是我家男人。

金玲子说，真的假的？

如是说，我就这一个男人，你说是真的假的？

金玲子说，姐姐真的嫁人了？难怪好久不见。你那回请我们吃酒道别，我想你不久就会回到洪市码头，不想你是一去不回头了。你真是个好运姐姐。

金玲子又对王开明说，好俊的姐夫。

王开明不知道怎样说话，顺口答道，好漂亮的妹妹。

如是听了直笑。又附在王开明耳边说了一句悄悄话，人家名花有主了，要不，我帮你说媒，要回家当二房，我们姐妹天天一起多快活，我们俩，一个给你端茶，一个给你洗脚多好。

王开明直说哪敢哪敢。

金玲子没听见说话，却听到了那意思。姐姐说我坏话，我定饶不了姐姐，要罚姐姐吃酒。

三人到茶座品茶。如是对金玲子说，好妹妹，姐姐这次和姐夫到洪市来找你，是有事要妹妹帮忙。金玲子说，姐姐一嫁人讲话也斯文很多，像个官太太。姐姐要帮什么？要割我身上的肉我也给。如是说，妹妹这细皮嫩肉，姐姐见了这心疼，哪舍得？你那心疼的人李家富是银号老板，姐姐有些活钱想进他的银号，权做股本，姐姐每年也有钱进来，好养家。金玲子说，姐姐现在有了家，说话就不一样了。那好，我就去把他叫来。少顷，金玲子领了人来。李家富到场摘了礼帽施礼。王开明才见来人年纪轻轻蓄了胡子，一袭长衫，像个洋和尚。王开明也学样施礼，鞠了一躬。李家富说，不要客气。听金玲子说，如是要在我的银号参股，这也正好壮大银号声势，谁都知道你们是赵大都督的亲戚，你们这真是高抬老弟了。哦，还没请教这位兄台高姓大名？王开明说，兄弟我叫王开明。三横王，开门的开，明白的明。李家富说，我们兄弟有缘，我俩的名字也合得来，家富开门，常有客来，生意好做。请教兄台贵庚？王开明说，属龙，二十六岁。李家富说，我属小龙，二十五岁，兄台长我一岁，你是老哥，以后银号的事，凭老哥做主。如是金玲子听他俩说话，心里高兴。王开明说，还是一切听老弟的，我不懂开银号的事。我以后好跟老弟学。我们合在一起，大家有钱赚就好。事情说好。李家富问，要不要写个字约？如是道，字约一张纸，不写也罢。一起做生意，全凭人心，凭信义，字约可悔，信义难悔。我这就把银票给你。李家富接过银票一看，瞪大眼睛，这么大数啊？

　　李家富和金玲子做东，请如是和王开明到船上吃全鱼宴，洪市码头的鱼好，好厨师做出的全鱼宴也远近闻名。甲鱼无一点腥味，浓黏香辣。小鲤鱼带鳞，大青鱼去骨，还有一种只二三两重的岩花鱼，很是稀少，据说是水蛇同母鱼交配所生。再有一两寸长的巴岩鱼，无骨，食之腻如羊脂。

几杯酒后，如是说，李老板，何时娶我金玲子妹妹，人家金枝玉叶，你也要明媒正娶。金玲子敬过一杯，姐姐莫逼家富，人家那边有家室。他那边父母家教严，不准娶二房的。家富也向他父母提过我俩的婚事，老人家只是不答应。家富对我好，我就知足。我是过一天快活一天。只是每到过大年，家富要回江西老家过年，我一个人在这边好冷清。现在好了，姐姐有了家，我就可以到姐姐家过年了。

江上明月，水天相照。几个人看那月亮，圆得可爱，亮得可爱。

月有阴晴圆缺，花开花谢，草木枯荣。一切皆有自然。

几个人下了船，各自回去。关上门，把月亮关在外边。

把月亮长在天上，远远地。

# 三十六　三川半纪事

是年，赵常出生。

是年，赵常娶刘艺凤。

是年，刘金刀殁。

是年，彭锭一统三川半。

是年，风灾。

是年，三川半种植鸦片。

是年，三川半土匪团伙发展至大小一百多个，数万人。

是年，竹山部队剿匪。

是年，杀洋人，灭洋教。

是年，赵自龙办医院。

是年，旱灾。

是年，田家的母鸡生了个三黄蛋。

是年，得快枪、机枪。

是年，赵常封大都督职。

是年，猪生象，产大南瓜一百多斤重。

是年，发现聪明街。

三川半有个叫母猪洞的地方，存纪事刻洞壁。其间有怪字一半，若念通怪字，洞内有母猪出来，三川半又会出大事。

很多人都看过那些怪字，没一个人能读通，那些考过状元秀才的，也没人认得那些字。那些怪字比三川半纪事还要早。很久以前就有了。刘瞎子那个时候不是瞎子，他是唯一能念通那篇怪字的人。他念通了那些字，后来眼睛就瞎了。他说那是一首歌，能唱的，或者叫作乐谱。

没有人信刘瞎子的，他没考过状元，连秀才也不是。他只跟阴阳先生学过几个字，最多能看懂万年历，他随身带着一本书，像个做大学问的样子。那本书也是阴阳先生给他的，叫奇门遁甲。一本鬼哄人的书。那本书有时候也当得口粮。很多人带着一本书，也是带口粮，怕饿死。

那些怪字是不是什么人的口粮，不知道。


## 三十七　热闹

三川半很多地方都热闹，不只是洪市码头。白天里唱歌的，在山上。喊号子的，在河里。牛羊撒欢，花开鸟鸣。

三川半的夜很安静。

半夜里有人放起鞭炮。越来越响，响声越来越密。三川半人半夜里全醒来了，他们闻到刺鼻的火药味。婚丧嫁娶，

139

是谁家办了什么大事?

罗家老太睡在吊脚楼的楼上。从床上坐起来,什么东西锥子一样扎进腰里,先是热辣辣的,后是剧痛。

楼下的儿子媳妇听见有什么东西从楼上滴滴答答掉下来,湿了蚊帐,湿了被子,以为是漏雨,点灯一看,是血。

上楼一看,老娘挨枪子了。

罗家人背着老娘直奔半山的岩洞,边跑边喊,来枪兵了,来枪兵了,快跑啊,快跑啊。

是来枪兵了,来的是川军,周矮子的部队。传周矮子是三国东吴周瑜的第三十八代孙。气量小,贪心大,自视才高八斗,天下无敌。周矮子在官府那边他是官兵官将,在老百姓这边他是土匪贼子。周矮子人矮手长,一只手往上伸,一只手往下抓。两手拿着好处。上边拉关系,下边抓东西。有读书人作对联:手长能抓天,枪多可为王。又有对联:手长一点人短一点长短是个人,官小一点心大一点大小是个官。再有:银子乌纱城墙脸——好头面,孔子嘴巴墨子心——好胸怀。周矮子听得这些对联,直乐,叫人写了贴在门上,我周矮子就是这样一个人,那些舞文弄墨的穷秀才再给我多编几条。

周矮子有几千条快枪。他本来只是个副官,杀了当头的,他就是当头了,自封司令官。当了司令官,即刻往上边送了很多钱财，上边也就认了他这个司令官。周矮子人矮酒量大，喝了酒就打人。一个勤务兵挨了打，带了周矮子的一个姨太太，骑了周矮子的马，连夜奔三川半逃了。周矮子领人一路追杀过来。到三川半边界，两边就打起来。三川半边界守军营长王麻子见有兵来犯，一排枪打过去，周矮子人马一排枪打过来。黑夜乱放枪，双方没伤着一个人。流弹打中了罗家老太太的腰，罗家人背着老太太往山上跑，还没进山洞老太太就在儿子背上断了气。罗家人大哭，怨子弹不长眼睛，无冤无仇，无故杀人。

赵常的五花马一阵嘶叫，惊醒赵常。赵常一翻身起来，从床上直奔五花马。卫兵连忙给赵常拿了衣服鞋帽，递上快枪。赵常骑上五花马，直奔枪响处，刘艺凤倒是不慌不忙，叫传令兵集合队伍，随后跟上。

赵常来到边界，天已麻麻亮，喝问对方，我是三川半总督赵常，来者何人？太平世界，敢对我三川半放枪？扰我三川半百姓？

周矮子听是三川半总督赵常来了，心里一惊。也大声答道，我是周矮子周司令官。有人偷了我的马我的女人，跑到三川半来了，我来要人。你把人交出来，我就退兵。

赵常道，你周矮子借故犯我三川半，我这里没你要的人。

周矮子喊，赵常，你堂堂总督，好意思耍赖，竹山部队怕你，我周矮子不怕你。

周矮子开枪射赵常，子弹擦耳飞过。

赵常高喊，周矮子，我让你先射我三枪，你射不着我，你就要吃亏了。

周矮子连开数枪，没射着赵常。赵常端起快枪，一枪射去，射中周矮子的马，周矮子从马上栽下来。

这时，刘艺凤领大部队赶来。赵常命大部队一齐朝天放枪。

周矮子的队伍已不耐这个气势，往后撤退。刘艺凤领兵追杀，在小河沟里捉到了周矮子。

天刚亮，罗家人披麻戴孝，一屋哭声。赵常问清缘由，便叫人押了周矮子到灵堂，为罗家老太太披麻戴孝。罗家的长孙在王麻子的营里当兵，拔枪要杀周矮子，被赵常喝住。周矮子行孝礼，赵常命罗家长孙把周矮子绑了，又给周矮子一匹马，要罗家长孙把周矮子送出三川半。

行前，赵常对周矮子说，周司令，你以后要来三川半，不要搞这么热闹，我请你喝酒。你的女人跟别人跑了，那人就不是你的了，不管在不在我三川半，都与你无关。周司令大人大量，不计小人过。

赵常和罗家长孙送周矮子到边界，赵常叫罗家长孙给周矮子松绑，扶他上马，又叫人把周矮子的枪还给他。

周矮子上马，说了声后会有期，策马走了。

周矮子的队伍里有个小兵叫狗鸡巴的拉肚子，到路边拉屎，鸡鸡被茅草割了一条口，屁股又被火麻草烫了一下，起个大疙瘩。狗鸡巴说，三川半的草都咬人，我们还敢和三川半人打仗？


## 三十八　那些草的味道


犯三川半，草木皆兵。

多年，无人来犯三川半。

赵常再翻帝王书，看《青苗法》。把秦皇汉武看过。想唐朝的月亮好，有歌舞吟诵。宋时太阳好，五谷丰登。大清日月都好，诗书礼乐，五谷丰，六畜旺。国安太平，疆土辽阔。满蒙汉藏回土苗维巴壮瑶侗彝，天下一家。日不关门，夜不闭户，路不拾遗。人心点点，天下气象。神施大礼大乐于人间。

正翻书，一纸飘落，拾起，原是总都督任命书。睹物思人，想起义弟陈大任，一去如鹤。时间渺渺茫茫，东西南北不分。人行天下，如风如影。

他接了个总督职，若缚若牵，身不由己。依上边命令。

设保甲乡县府。添官添俸禄。民产一石谷，甲长一升，保长两升，乡长三升，县长一斗，府长八斗。民所剩无几。种田人吃米糠，盖房人住茅房。今日三川半，历来帝王书都不会这么写。所谓饥寒起盗心，若有一天百姓忍耐不住，出个石达开，出个陈胜、吴广，这三川半，我赵常也守不住，身家性命难保。赵常太师椅上一靠，眯了一会儿，见一长老，似彭锭非彭锭，说书可解惑。赵常醒来，似梦非梦。又翻书，得民可使由之不可使知之句。赵常思之，先人真把话说绝妙。百姓吃苦，原以习惯。本皆如此，只怪天候不好，季节不佳，土地不良，牲口不争气，菩萨不佑人。民无二心。民不与官争权，也不见官与民争利。百姓有德，勤劳善良。民间疾苦，为官者心中有数就行，不可让其知道如何如何。如何如何又如何？再往下翻书，是圣贤之书，教人如何修身立德，做正人君子。人若修成圣贤，可为人师，为人君。芸芸众生，修成圣贤者又有几何？只有几棵旱地青苗，久渴不死十磨九难，又能大彻大悟者，心性向上，方能修成真圣贤。一般称圣贤的，也都只修成一半。半真半假，如戏角打扮，也充个包公算数。拿个陈世美祭刀，人以为真圣贤来了。圣贤不能当，就学些小聪明，想点子，充面子，看起来也很圣贤。再往下看，是才子佳人书，书中盖黄金屋，娶颜如玉。是让读书人和写书人解馋的书，一本书把人喂饱。还往下翻。是些闲书，讲杀人，讲喝酒，讲搞女人的书。最后是些三教九流书，这些书读了倒好，能谋生混饭吃。又伸手取书，却是经书道法，是些得道成仙的书。这类书，赵常从来不看。成佛自为佛，何必书中求？正所谓，诚心烧香何必远朝南海，有意求佛立地就是西天。

那经书，又有《佛经》《道德经》《圣经》。都是天上书，讲恩讲爱讲理讲福讲恕讲缘。各路神仙，为天下苍生。

再有农书，医书，历书，工物，算术，阴阳书，相书。有蔡伦造纸，天下笔墨有个安身之地，书越来越多。赵常有几本书也不是稀奇事。书斋本为书灾，书若蝗虫。秦始皇时，书为竹简，他老人家用来烧火取暖。又将儒人活埋，留下口舌，到阴间讲学。也有爱书如命的儒人，把书藏在山洞，留下二酉藏书古事。秦始皇不喜欢与儒人共日月，又握生杀大权，一不高兴就把儒人埋了，免得他们胡思乱想。秦始皇干活，比得上三川半最好的劳动力。

后来的书，是纸。又先是手写，后来刻印，再后来毕昇搞事，出活字印刷。书越来越多，越多越厚。一本不行，就出多卷，出文集，出书库。写书人经年累月，读书人皓首穷经，像三川半人种庄稼。

赵常读书，一目十行，且过目不忘，又能会其意。一本书他读过则想过。一本书如何用词用意，赵常有不以为然之处，便在心里改过来。所以，一本书他读过如同他再写过。他看得上的读书人，是万容江大首领陈渠珍，这个人读书能做到经世致用，这个人的书也写得鲜活，写草木有灵，写鱼虫有言，写日月有意，写鬼神有心。这个人写文告也如写书，官样文字也有性情。

赵常骑马拜会陈渠珍，谈政谈经，两人结下君子之交。陈渠珍多才，赵常多思。得友如得仙，悟言如悟禅。

赵常遇难事，想想万容江陈渠珍。陈渠珍遇事，想想三川半赵常。不千里传书，却互为肝胆。

赵常燃烛夜深，刘艺凤送来参汤。赵常不觉，只是翻书。刘艺凤唤了一声，赵常才抬起头来。

刘艺凤说，你这样发狠读书，是要考状元啦！

赵常说，我是无事乱翻书。读书也是看天下景色。看天下景色，方知三川半是个巴掌大的地方。人家陈渠珍是做官，我在这三川半是守业。

刘艺凤说，三川半巴掌大，也是万千百姓，人人安居乐业，守这个业也不容易。

赵常合上书，对刘艺凤说，三川半是我万千人的家园。我是个看园子的。我为草木，三川半得绿荫，我为流水，三川半得鱼虾。我为云雨，三川半得丰年。只是这么多年，我从义父手里接下三川半这份家业，为三川半效牛力，却不足万千人温饱。实是有愧天地日月。

刘艺凤喂赵常喝了参汤。

你看,一张脸叫蜡烛熏黑了。

赵常说,拿镜子来。刘艺凤递过一面铜镜。赵常不喜欢玻璃水银镜,他觉得玻璃水银镜照人冷面,只有铜镜照人,才见真像,脸照铜,铜照脸,铜镜里的脸才是自己的。赵常书房里有大小铜镜十几面,多为汉唐古镜。

赵常拿镜照脸,一脸若戏脸,自己先笑起来。刘艺凤又递上热毛巾。赵常擦过脸,才觉得那张脸才是自己的。

赵常对镜,我哪里像官?

刘艺凤说,你不是个总督吗?

赵常说,我这总督也不拿官银,只是三川半人花三川半的银,办三川半的事。不只是我,三川半的甲长会长县长府长,都是花三川半的钱。三川半也不知几人养一个官?我想,要是这些官吃的是上边俸禄,就该由上边委派。三川半的官吃的是百姓,就该由百姓指派。从甲长到府长,全由百姓推举。要是有官不好好为百姓做事,就断他的口粮。老百姓养一个不做事的官,还不如养一头肥猪。

赵常问刘艺凤,你说这个办法可行得通?

刘艺凤说,这办法是好,不妨一试。

赵常叫刘艺凤拿来文房四宝,将些想法写成文告,又自己念了一遍，文通理顺，便盖了总督大印，签上大名。连夜叫起诗人彭努力，彭努力又叫来几个帮手，抄写若干份文告。

第二天派人马四处张贴。三川半要搞百姓指派官员。

诗人彭努力领人四处张贴文告。

赵自龙同邓肯博士在山上采草药。那个时候邓肯博士的西药用得所剩无几，便写信给天津教会的洋和尚利玛窦（不知道他和几百年前那位著名的利玛窦是不是亲戚），此人是邓肯的老师，邓肯要他搞些西药到三川半来。那时候三川半通天津，经长江三峡到汉口，再经长江到上海，上海船通天津。来回一个多月。这边等药治病，只好去采草药。邓肯博士不识三川半草木，也就不信草能治病。他也搞不懂中药方子。他虽然通晓汉文，知道孔子老庄和《易经》，知道李时珍和华佗，还是不能理解《本草纲目》和《黄帝内经》这些中国医书。同是一种病，都要用不同的药方。像是一样的病疾，治法也不尽相同。一个病人，把把脉，问问哪里痛，就能诊断什么病，不用显微镜也不用艾克斯光机。中医简单到只有医生和病人。医生坐诊，病人问病，同人问神一般。这天阳光很好，南风轻拂，草旺木深，让人神清气爽。邓肯博士一边采药一边问一些问题。邓肯博士见赵自龙采什么药他就采什么药。赵自龙时不时拿药草试一下味道。邓肯博士也学着做。赵自龙忙去制止，说不能乱试，有些草有毒。赵自龙讲这些草药的药性。这些草,有酸甜苦辣麻咸。一般说来,酸可止泻,甜为滋补,苦为清凉败火,辣可祛风湿,麻为毒药,咸可镇痛。赵自龙又捉了一条蜈蚣装进竹筒,这也是药,又拾了条蛇皮,也是药。邓肯博士只觉新奇。

邓肯博士同赵自龙一道行医有几年,赵自龙治好很多病人,邓肯博士对赵自龙的医术很是佩服。

这三川半草木繁多,有良医,三川半就是药库。民间疾苦,皆可医治。两个人又收了几个徒弟。医院按中医办法,也不分科室,内外妇儿,一同诊治。有病人痊愈,来放鞭炮致谢。常有鞭炮响,医院天天像办喜事过大节。

邓肯博士和赵自龙采药回来,见诗人彭努力张贴文告,邓肯博士仔细看了,明白是怎么回事,对赵自龙说,这三川半真是开化,搞起选举来了。赵自龙说,我们不管,快回去看病人。


### 三十九　药性药方怪事怪病

拾草回来,赵自龙与邓肯博士讲药性、药方。

拾来是草,入方可成药。那时候三川半正流行伤寒。赵自龙借此讲《伤寒论》,讲阴阳之气,讲扶正祛邪。从张仲

149

景讲到叶天士。这叶天士，先由鲁迅批评讥讽，用梧桐树叶引产，后由毛泽东评为高人，知天地时节，气象变化，人感时令。

古人留下医案，药方，也都是妙手所得。说医道高明者，为妙手回春。

两人对谈很是投机。

赵自龙又说，三川半草木皆有药性，但医治三川半人最为灵验。天地之气，草木之气，与人的活体相通。这些药草，在别的地方未必是好药。赵自龙曾结交了一位蒙医，得一味蒙药，是治风湿的奇药。到三川半却不灵。北方草木，与南方人不通气脉，疗效就不同。三川半用本地长的一种草药叫岩川芎治风湿，药到病除。在南洋用此药却不甚好。

天下草为天下草，南生北长，各不相同，各有性情。北方苹果香，南方橘子甜。

忽然诗人彭努力进来，连说高明高明。随手拿了几片甘草，一边嚼一边又走了。念念有词，高明高明，有道理有道理。身边人以为他赞赵常的文告，便说赵大都督的文告又怎么不高明？诗人彭努力吆喝，你们懂个屁。赶快张贴文告，石头上树上到处贴，把三川半贴满了我好睡觉。诗人彭努力听赵常让百姓选官的主意，很兴奋，跟着搞了一阵就不兴奋了。说是诗人，也是十二个时辰中某一时辰偶得诗气，得诗气就兴奋不已，诗令一泄，人就软了。诗人彭努力这会儿只想睡觉。这些年头，龙二带头搞钱，搞经济挂帅，男无豹眼，女无凤眼，三川半尽独眼孔方。三川半原在天地中间，这会儿是不东不西，不三不四。三川半的石头上、山坡上，诗人彭努力搞出很多石灰写的大字：选个好官，造福一方；选个好人，遍地金银。字这么写，理这么讲，好官好人难选出几个。诗人彭努力吐了一口痰，问圣贤书都读到哪里去了？读到牛屁眼里去了？

赵常、刘艺凤、七红、诗人彭努力，分几路下去，到村寨选官。先是选甲长。一人手里拿一粒苞谷籽，选谁就投到谁的碗里，被选举人手里拿一只碗，等人把苞谷籽投进去。有得一碗半碗的，有得几粒的。结果是彭家寨姓彭的当选，李家湾姓李的当选。哪一姓的人多哪一姓的人当官。几处情况都是这样。赵常说，这哪是选官，是选族长。

往后选保长选乡长的情况也差不多。到选县长时，情况好一点，要通文墨会写文告的，因此也就选出几个像模像样的人来。结果由县长们选府长，就选到龙二。

诗人彭努力直叹气。赵常对诗人彭努力说，选这个人好，给他上个套子，他就会规规矩矩做人了。

龙二当了府长。叫人做了几套官服，刻了官印，把自家宅子变成衙门。置了酒席，请几位当选的县长喝酒。席间，龙二说，我龙二当府长，是花自家的钱，办大家的事。我龙二成了省油的灯。你们几个是花大家的钱，办大家的事，不是省油的灯。你们先当着官试试，要是不辛苦，就把位置让出来让别人当。几位县长说，我们也不怕辛苦，只是好好做事，以后多听赵大都督和龙府长指教。

龙二为府长，完全是麻狗的主意。麻狗说，龙二哥，你当了那么长时间的总站长，三川半商客都归你管，你出来当府长威望高，名正言顺，除了赵大都督，哪个能跟你比？龙二眨了眨眼睛，事情就这么定了。选府长那个时候，龙二联络盐客站、牛客站、布客站十几户商客给提名。选举的时候，主持人问几位刚选上的县长，有意见请发表，没有意见鼓掌通过。几位县长一齐鼓掌，龙二就这样当了府长。

龙二当了府长，马上发放青苗款，按人头发放三块两块银钱。又给赵自龙的医院盖了一栋木楼。那年冬天农闲，龙二集合劳动力在三川半缺水的地方修了个大水库。第二年春天雨水多，水库蓄满了水，龙二又放了上万鱼苗。那个缺水的地方叫断龙寨。龙二跑到断龙寨，对老百姓讲，我们要把这个吃苞谷红薯的地方变成鱼米之乡。断龙寨人喊龙二皇帝万岁。龙二也喊，莫乱喊，要砍脑壳的！现在都共和了，没什么皇帝。三川半也没有皇帝，只有赵常赵大都督。这修水库的事也是赵大都督叫我办的。老百姓又喊大都督万岁。断龙寨人没见过皇帝，没见过赵常大都督，他们见了水就喊万岁，水生万物，有水就不渴。这里水贵如油，一瓢水洗完菜再拿来洗脚，洗完脚再拿来喂猪喂牛。甲子年是旱年，田家幺妹守候一夜，从岩缝里接了一夜水滴，得半桶水，李家老二来了，抢她这半桶水，推推拉拉，李家老二掉进天坑摔死了。半桶水一条命。田家给李家赔了这半桶水，两家人讲和了。

七红对赵常说，这个龙二真不简单啊！

刘艺凤说，我们的大都督会用人嘛。

赵常说，龙二这是为三川半立功，为他自己立德，一个人多立德，就会德高望重，可成圣人。龙二能成圣人，是我三川半的福气。

邓肯博士送给赵自龙一本书，他花了三年时间，把洋文变成中文，这是最早的一本洋文变中文的手抄本，叫《物种起源》，这本手抄本后来一直存放在彭锭的大庙里。这本书讲进化，讲人和蝙蝠同出一种，后来人自为人，蝙蝠为蝙蝠。人又可不断进化，小人物进化成圣人，也可变为小人。圣人为圣人，小人为小人。赵自龙讲出这些道理，邓肯博士打了个哈哈，你总是把西药弄成中药，把达尔文搞成孔子。赵自龙说，中药西药，都是治病救人。只是这三川半，草木不同，药性不同。人生病也不同。混成药方，才可见效。赵自龙的医院，植物动物矿物都是药。一把黄泥让急症病人起死回生也不稀奇。有种热病，先拿狗血淋，再用黄泥水洗净，也就见效。

龙二来看病，说这几日头晕目眩。赵自龙看了脉，开了姜片、柏子两味药，嘱静养。

邓肯博士早知道龙二这个人，见其人獐头鼠目，个子矮小。这个人在三川半能呼风唤雨，算是稀奇。人真是奇怪。人不是马。马要长相好，才是一匹好马。人相貌丑陋，也有才干。邓肯博士是西洋绅士，不评人长短。对三川半草木和人无不生感，拿来与赵自龙议论。赵自龙说，这三川半万物万相，我也是不明白。天上留题，众生是题，人用心破解。前人留下这许多药方，都只让后人研习，习而知趣。马有趣，人也有趣。三川半有个龙二，也有众人，才是有趣。三川半有百草，百草为药，也才有趣。

忽然来了个病人。

来的是个中年男人，喊肚子胀。赵自龙叫解开衣服。那人却绾起裤管。伸出小腿，是小腿发胀。一看，这人的右腿肚子比左腿肚子大一倍。问只胀不痛，不红不热，触之有胎动感。又看脉相为滑脉，是胎相。一个男人腿肚子怀胎不成？

赵自龙叫邓肯博士来看病人。邓肯博士先摸了一下，不是脓肿，疑疑惑惑，用听诊器听那男人腿肚子，竟是胎心音。

赵自龙和邓肯大惑不解，给那男人上了麻药，开腿肚子，取出一茄子大的东西，如蛇状。问那男人，说是数月前割草时被蛇咬，用草药治好了，想不到留下蛇胎。

天下万物，见怪方知怪。

## 四十　三川半生事

赵常家来了位做桐油生意的商人，从大口岸天津过来，带来了好友陈大任的口信，说是兄弟陈大任在北伐战争中立功，做了军长。又说天下共和成事。嘱赵常理好三川半政事，不日共建共和大业。来人见多识广，酒席间尽谈大事。说袁世凯，说蔡锷，说孙中山。

赵常一统三川半，对天下大事少闻，听来新鲜。一个劲儿劝来客多饮，把言谈当佐餐。

来客自报家门，叫曾可以，专做桐油生意，与天津大码头李烛尘有生意往来。李老板原籍也是三川半，这曾可以是由陈大任结缘李烛尘，又经李烛尘说起三川半桐油。曾老板胃口大，说三川半有多少桐油他收多少桐油，每担桐油比别人高一块银钱。

桐油在三川半用来油斗笠、油木桶、油船、油吊脚楼的
木板壁，也用来治病。赵常问曾可以要那么多桐油做什么用，
曾可以说做化学工业用。赵常第一次听到化学工业，不甚明
白，但他知道，就拿桐油化成别的东西，像钢铁变快枪、铜
变子弹、硝石变火药一样。世间万物皆为可变化之物。

曾可以敬过酒，直夸三川半人杰地灵，出赵大都督这样
的英才。思想进步，搞民选官。也难怪，有叫沈从文的少年，
当今共和国内阁总理熊希龄都是三川半人。又说三川半物产，
洪市码头繁华，三川半人如何英勇，当年抗倭杀敌，为戚家
军主力。赵常讶异，一个做桐油生意的，初来乍到，对三川
半知道这么多。

时令初伏，赵常递给客人一把蒲扇。移至内院品茶。五
月星明，流萤乱飞，蛙鸣如市声，夜声如唱。来客兴起，念
了一句：

难怪人愁，遍地青蛙哭破喉。

赵常敬过一杯茶，随应一句：

莫道夜暗，满天星斗来神眼。

曾可以回敬一杯茶，赞赵常诗才。赵常一笑道：我一介
武夫，不懂诗的。

曾可以又说，贵地出了个狠人，叫贺龙，赵都督可听
说过？

赵常说，不只听说，我与他有一马之交。

曾可以问，你们打过？

赵常说，不是。贺龙领军过境，我们换过坐骑。我早听说此人豪气，出手不凡，两把菜刀换快枪，此公日后必成大器。路上相逢，我一看就知他是贺龙，那一身英气，别人想装也装不出来。我俩互报姓名，互换坐骑。在下无慧眼，也识得英雄。

曾可以问：赵都督当时有多少人？

赵常说：三万人马。

曾可以又问：贺龙当时有多少人？

赵常说：贺龙带随从三十人。

曾可以说：要交起手来，赵都督可是赢家？

赵常说：人家只带随从，必不是来打我。贺龙只带三十个人来，也知道我不会打他。这也算一仗。双方见面之前，仗早就打完了。一切在贺龙的算计之中。天知地知，他知我知。

曾可以说：贺龙领军不少，他的部队叫红军。赵都督想必知道？

赵常说：知道一二。我们三川半管贺龙部队叫贺龙军。

曾可以又敬赵常一杯茶，说：贺龙的部队是穷人的部队，没赵都督这么阔。我也算是贺龙的朋友，在这里替贺龙讲个情字，赵都督可愿意借百十条枪给他？

赵常回敬一杯茶，说：我的枪不好使，怕人家大英雄看不起。我给他一万银钱，他自己去买好枪。只是，这事只你我知道。要让贺龙知道，不肯要我的钱，你我就大失面子。

曾可以说：这好。就算你赵大都督借给我做桐油生意。

关于以上一节，《三川半纪事》中无可查。但确确实实，赵常借出一万银钱给曾可以。曾可以在三川半的桐油生意也做得很大。银钱流到哪里，也只有曾可以知道。曾可以也不是贪小利之人，他的钱必做了大事。

曾可以在三川半做了两年桐油生意，洪市码头数一数二。突然就没了踪影，神秘得很。

一个有雷雨的夜里，镇箪军营。一个小头目起来撒尿，回去闯进了大头目的姨太太屋里。上床见一个胖女人，便做了那事。大头目知道了就要杀人。小头目先把大头目杀了，带了大头目的女人和人马上山为匪。

一时间，跟着出了十几支土匪部队。少则百十人，多则上千人。

赵常叹道：我三川半人爱争强斗狠，又有了枪弹，不出大事才怪。

有了人马枪支弹药，各立山头，自封司令。哪是兵，哪是匪，三川半的老百姓就分不清了。老百姓听到枪响就躲，躲出经验，出躲字诀：躲洞死，躲山在，躲到坛子里变酸菜。老百姓能躲，保长、甲长不能躲。上边交办差事没人接，就会派一个罪名。玩忽职守，通匪。官兵来了要吃饭，土匪来了也要吃饭。保长、甲长的工作就是供饭。乡长来了要喝酒，县长有时也来，还是要喝酒，保长、甲长的工作就是喝酒，饭甲长，酒保长，土匪来了喊爹，官兵来了喊娘。保长、甲长后悔当时众人把苞谷籽投到他的碗里。一些保长、甲长跑出去当牛客，跑到峨嵋山捉猴子，有卖草药行医的，有出去弹棉花做手艺的。二所里缺了个保长。吴品字正在耕田。乡长田尚志来了，把他叫到田坎上，对他说，你就是保长了，这是你的委任状。吴品字有几丘田，一头牛，两头肥猪，家里能做烧酒。这样的人在这样的时候最适合当保长。乡长一走，土匪唐巴子就来了，又杀鸡喝酒。唐巴子一走，来剿匪的官兵来了，来了个连长，又杀鸡喝酒。还杀了头肥猪，招待剿匪部队。那个连长喝了酒，问吴保长，你可知道唐巴子的窝在哪里？吴保长说，唐巴子今天在这里，明天在那里，讲不清楚。连长一脸麻子，麻子先变红，后变黑，再变白。麻连长一拍桌子，唐巴子昨天才在你家里喝酒，他在哪里你不知道？你这保长是匪保长！叫人把保长绑起来，吊在梁上，然后走了。麻连长带部队进山，捉了几个砍柴的老百姓，当土匪毙了。那几个砍柴的老百姓平时种庄稼，农闲了也跟唐巴子跑路。麻连长走了，唐巴子又来了，把保长打个半死，说他告密。

吴保长挨了捆绑吊打，受了气，肥猪也没了。老母亲受了惊吓，死了。吴保长种庄稼，种庄稼还是不是保长？田尚志说他还是保长，不死就是保长，终身制，不退休。土匪还拿他当保长，官兵也还拿他当保长。吴保长还是种庄稼，养肥猪，又添了一头好耕牛，还开了几块荒地。粮食多了，做甜酒，做烧酒。乡长、县长来了有吃喝，官兵、土匪来了有吃喝，他是三川半最好的保长。

官兵不是赵常的兵，是来帮赵常剿匪的。土匪不打赵常，赵常也没理由和他们打。几支像样的土匪队伍，把赵常当老大，赵常几次想收编他们。龙二说，收编了哪来那么多钱养他们？还不是一样吃老百姓？让他们搞。这些人是三川半的祸，是三川半的病。让官兵来，剿他们，杀他们，我们也不结仇恨。赵常说，你是府长，你给上头打个报告。

报告递上去，官兵就来了。

官兵来了，龙二吩咐各县好好接待。

官兵来了，麻连长也来了。吴保长碰上麻连长，他就该挨打。

吴保长这个保长真的是终身制。若干年以后，红军打下天下，建立新政权，龙二当了参事，赵常当了政协委员。吴保长是四类分子，他是旧政权的保长，是坏分子。四类分子就是地主、富农、反革命和坏分子。这四类人是坏人，后来坏人又扩大到五种人：地主、富农、反革命、坏分子、右派分子。坏人当中又定出一个坏分子，就是这个人像地主、右派等一样坏，又不是地主、右派。再后来又有二十一种人是坏人，哪二十一种人？史料有记载，民间有传说。也不是坏人越来越多，总量不超过百分之五，百分之九十五是好人。

毛主席的时候，天下太平，没有土匪没有军阀内战，就有阶级斗争。民兵也不打仗，只搞坏人。民兵也拿吴保长捆绑吊打。民兵也跟吴保长没仇恨，他们是公事公办，让坏人吃些苦头，让他们不敢想回到旧社会，不敢翻天。

吴保长就这样当了一辈子保长。到死的时候，他骂了一句娘。骂那个让他当保长的田尚志。田尚志，我日你妈！骂完了就死了。双腿一伸，再也弯不过来。手脚一硬，就再不能种庄稼了。他死的时候，家里还有一头肥猪。人死了要埋，帮忙埋人的来几十个人，吃了那头肥猪，还剩下一只猪脚，村长拿回去，他老婆正在坐月子。

在吴保长刚当保长的那些日子，土匪多，兵多，不好种庄稼。像吴保长那样一心一意种庄稼，在土地上取得一定的成功，这样的人并不多。大部分靠种地的并不成功，一代一代的是穷人。土地不值什么钱。三川半人说，人像泥巴一样贱。三川半的土地从来不值钱，百十个铜钱买一丘田。直到多年以后，北京、上海出了地王，几万块钱一平方米，比画家的画还贵，比三川半的好布还贵。老百姓穿衣服，几块钱买一尺布要喊命痛，地怎么那么贵？到那个时候，三川半的地也不值什么钱，县城里也就几万块钱一亩地，后来涨到几十万。老百姓以为那地下有石油。三川半人讲，伊拉克的石油怎么出的？是从三川半的阳河里流过去的。三川半人的奇妙想法总是很感动人。地连着地，河连着河，天下连着天下。地矿知识，地理知识，所有的知识都不重要，三川半人奇妙的想法很重要。他们其实不知伊拉克有多远。

种庄稼的吴保长其实也没种出多少东西。其实也种出了很多东西，天天吃饭，年年吃饭，一辈子吃饭，都是吴保长种出来的。他的种植，比他的思想还多。他勤劳，比石油还多。他的粮食，比爱情还多。工人爱机器，农民爱土地。吴保长是个爱土地的人。吴保长后来生个漂亮女儿。漂亮女儿的爱情不多，生的孩子多，一共生了十二个，活下来三个。知道这个情况的人会明白，三川半后来还有那么多人口真不容易。

种庄稼最不成功的是瘸子老五。庄稼长出来后从不施肥，最多是跑到庄稼地里撒泡尿拉条屎。人家结了南瓜他就去借南瓜，苞谷出来他就借苞谷，他从来不偷，只借。瘸子老五人缘好，嘴巴甜，他一开口谁都肯给他。连郭疙巴佬也肯给他几个辣椒。

突然有一天，瘸子老五对大家说，他要去当红军，这让大家吓了一跳。瘸子老五怎么去行军打仗？大家可怜起他来。几位好心的嫂子给他做了新鞋。夏家大姑娘菊花对他讲，瘸子老五，你要真去当红军我今晚就嫁给你。菊花那个晚上就和瘸子老五在稻草垛里睡了一觉。瘸子老五说，我不搞你，你是个处女，我不干！我把你搞了你还怎么嫁人？菊花说，我就嫁你了，等你当红军回来。瘸子老五说，菊花，你莫怪我，那我就把你搞了。瘸子老五就把菊花的衣服解开。菊花说，我自己来。她就脱了裤子。

瘸子老五第二天醒来，对菊花说，我又不想去当红军了。菊花揪着瘸子老五的耳朵，我都让你搞了，你不去当红军，怎么对得起我？

瘸子老五怕对不起菊花，就去当红军了，他又邀了几个人，一起走了。几个人走到半路，被一伙土匪拦住要他们入伙。瘸子老五一声大喝，我们是红军，贺龙的部队！那伙土匪一听就不再惹他们，还送了一匹马，让瘸子老五骑马赶路。瘸子老五骑了马，对几位兄弟说，我现在是你们的连长了，你们要听我的。

三川半人后来听说，瘸子老五过了雪山草地，还能用机关枪打仗。瘸子老五当了连长。

菊花干完农活，晚上陪着桐油灯做布鞋，一年一双鞋，做给瘸子老五。瘸子老五的左脚瘦一些，菊花做的鞋总是一只大，一只小。菊花做了十双鞋、二十双鞋、三十双鞋，快做到四十双鞋了瘸子老五还没回来。

瘸子老五一走，媒婆就来说媒，财主李友根死了婆娘。媒婆没开口，菊花就说，李财主死了婆娘关我什么事？我等瘸子老五。媒婆说，瘸子老五没当红军，当了土匪，给土匪牵马，给土匪的小老婆背包袱。这些话我都听见了，菊花说，瘸子老五当了红军，骑大马，背盒子枪，我做梦看见了。

第二天，一些小家伙唱：

蹦蹦要当红军，

路上捡到五星。

红军不要蹦蹦，

路上捡到乖乖。

菊花放下手上针线，拿了赶鸡的竹响篙，把那群小家伙赶得东躲西藏，捉住一个，打得做猪叫。

## 四十一　三川半的岳母娘

赵常百思不解，三川半出了这么多土匪，他把土匪们当成一种性格，争强好胜。他们不想被官府打板子，不想被仇家灭杀，不想漂亮女人做别人的婆娘，就结伙为匪。还有一些是跟着玩的，杀别人的肥猪好吃肉，杀别人的鸡好喝汤。

赵常同样百思不解，三川半一下子有了这么多官。官有什么用？要这些官出来做个人模样，让人跟官学，学成好模样。把好人寻来当官，人人学成好人，三川半就成好人世界。

赵常想三川半外，官职无数。各司其职，天下太平。三皇五帝，父传子，家天下，生诸侯，设科考，选才俊。当圣人，学孔孟。文武百官，知廉耻，尽忠诚。武攘夷，文安民。定人心，定天下。三川半为天下一角，男耕女织，也成福地。

人吃五谷，生百病。好树绿叶也生虫子。

三川半幸得帝王书，得神佑，守得粮丰鱼肥。得先贤之脉，接天地正气。天下安，三川半安；天下乱，三川半乱。天下乱，三川半不可乱天下。

赵常前思后想，在太师椅上睡着了。三川半的春天，地热百草生，人多梦。纸上故事人物，从书中走来。朝靴草莽，来去如穿梭。见过秦皇汉武，唐宗宋祖，元帝明皇。遇盗黄巢，方腊太平军。有说书人唱，无道出昏君，不良长盗贼。

春雷轰响，赵常醒来，书中故事散去，一屋烛光。觉头痛，浑身轻若飘絮。

赵自龙为赵常拿脉，脉象沉滞，是以有郁结。开方子：朱砂烹猪心服用，另用大通草熬汤。

七红、刘艺凤商量，请来快活嘴欧阳光念快板书，请杨扯白打三棒鼓，让赵常用这些民间快活大法疗养。

快活嘴唱三川半的岳母娘：

> 三川半的岳母娘，
>
> 一女要嫁八个郎。
>
> 嫁个大郎是乡长，
>
> 嫁个二郎是警长，
>
> 嫁个三郎是讼师，
>
> 嫁个四郎是法官，
>
> 嫁个五郎开药房，
>
> 嫁个六郎是木匠，
>
> 嫁个七郎是道士，
>
> 嫁个八郎看阴阳。
>
> 有个屁事找乡长，

有个警长好了难，

要打官司有讼师，

判个案子有法官，

病了药房有生姜，

死了不愁棺材板，

道士来了做超度，

阴阳先生看坟场。

快活嘴唱完，七红给了赏钱。

杨扯白又来三棒鼓：

我名叫杨老五，

来打三棒鼓。

手艺学得苦，

三岁学到一十五，

才来呀才来走江湖。

一边唱，一边抛刀，空中盘花，背后穿裆。刀是好刀，看似吓人。

杨扯白唱了一个时辰，刘艺凤给了赏钱。

同是江湖艺人，有的惜字如金，有的一开唱就不停，给不给赏钱没关系，就是要唱。

快活嘴唱完三川半的岳母娘，不再开口。

杨扯白唱了一盏茶，这黄金茶，茶香嘴甜，又唱：

皇帝朱洪武，

从小光屁股，

得了江山三五亩。

帮忙来种谷，

得了新姑娘，

住进大瓦屋，

天天吃的大米饭，

还有小猪肉。

唱了又讲朱皇帝故事。话说朱皇帝，他落难时，遇和尚相救。后来朱皇帝得天下，知那和尚是前朝臣子，便去杀那和尚，又记那和尚恩，不忍下手，叫那和尚先躲起来。朱皇帝手执大刀，来到庙上，自言自语，我今天只杀一棵树，不杀和尚，也当灭了先朝臣子。挥刀砍树，不想一刀下去，树竟流血，待断树，一颗人头掉出来。原来那和尚竟藏在树中。朱皇帝一叹：躲脱不是祸，是祸躲不脱，乃是天意。

从此，朱皇帝与树结仇。他领兵出娘子关一把火烧了千万森林，至今甘肃宁夏草木稀少，一片黄沙。若干年以后，西边出了个奇男子，写书的，叫张贤亮，他搞了个西部影视城，那景致，也是朱皇帝留下的手笔。

大家听得快活，只是赵常提不起兴致。刘艺凤和七红很是着急。一个马背上的狠角色，竟成无缚鸡之力的弱童，怎么了得？

赵自龙又给赵常拿脉，说父亲的病好了许多。又开了黄芪汤。赵常吃了八日，渐渐复原，元气大增。邓肯博士又送上西洋参。西洋参蒸冰糖吃了三天，人强壮如先。

一家人用餐时，赵常来了兴致，说那个唱快板的，把三川半的岳母娘编排成那个样子。三川半的岳母娘，我知道的也只我家岳母大人，大事小事，料理甚好，这样的岳母娘，也要编快板编三棒鼓来唱。

七红说，我哪能当书唱？好多事靠你们，我这当娘的，是想得到做不到。我这一辈子，只想做个好女人，头发都白了，我这梦也圆不了。我这辈子跟了两个男人，一个男人死了，一个男人当了和尚。我现在只有你们，一个女儿，一个女婿。女婿半边子，也是我儿。还有孙子。这孙子我看他一颗菩萨心，有菩萨心肠才能算个好医生。

刘艺凤看了看娘，她突然看见，娘一头青丝已成白发。娘怎么突然就老了？

七红说，昨晚做了个梦。一个男人向我讨钱，说要买兵马。一个和尚来化缘。这两个死鬼冤家，是来要命的了。我今天也几十岁了，也该死了。人死如灯灭。有这个时候，你们不要伤心。

刘艺凤没说话，已是泪流满面。赵常说，老人家一向慈悲，悲天悯人，长寿百年。

七红左顾右盼，又用手到处找，想找她的银牙签。她的银牙签就挂在她那一串银链子上，还有一串钥匙。刘艺凤帮母亲取下银牙签。七红把那一串钥匙交给刘艺凤。女儿，你把这钥匙管好。你该知道，这钥匙什么时候开锁？都锁了什么东西？

刘艺凤说，娘我知道，有急事开锁。锁的是三川半的救命钱，救命粮。

七红点了点头，牙签掉在地上。七红头歪在椅背上，像是睡着了。

刘艺凤叫了一声娘。七红睁开眼，对赵常和刘艺凤说，你俩还记得我那娘家亲戚？刘艺凤知道娘问的是大姨妈和王开明娘俩。刘艺凤答，记得。七红说，其实，那娘俩不是我的亲戚。我自幼孤身一人，哪来什么亲戚？只是人家找上门来，喊我一声姑奶奶，我就认他们娘俩做亲戚。人到难中好帮人。以后，你们要当他们娘俩做亲戚待。

刘艺凤说，娘放心。

七红又说，你要和三川半的穷人一起吃饭。

赵常和刘艺凤嗯了一声。

七红停了停，闲了会儿眼睛，又说，要跟穷人一起吃饭。跟富人吃饭是排场，跟穷人吃饭是不饿。

七红叹了一口长气，不说话了。

七红死了，脸变佛相。人死变脸，后人有福。

七红死后，大办丧事七天七夜。大姨妈哭得死去活来。说好人命不长，祸害活千年。王开明戴孝七天，长跪七天七夜。到出殡时，王开明竟是长跪不起，两人架他起来，竟是双腿屈不能伸。会事的用苞谷烧酒擦一刻，王开明双腿才能动。快活嘴、杨扯白也来唱了七天七夜快板——三棒鼓。

快活嘴唱三川半的岳母娘，把词也改过，讲尽世间好话当颂辞。杨扯白唱三棒鼓，讲好女人如何如何，讲好猫管三寨，好女人管三代。

七红大葬过后，三川半的勺哈寨有岳母娘嫁女。这女这回是嫁第八个郎。

## 四十二 普通事物

刘艺凤照了一回镜子。很多年，刘艺凤不照镜子。一照镜子，看见了妈，看见了娘。镜子里的老女人，不是妈，不是娘，是刘艺凤自己。女人好，容易老。没有开不败的花。刘艺凤把镜子翻过去，人还在镜子里。那是一块双面镜。老相长在脸上，洗不掉擦不掉。

女人老了，能做什么？能管一串钥匙。

刘艺凤和赵常已经分床多年了，多年不做夫妻的事。她记起那年，赵常在石板上那样猛烈地把她碎成云烟又聚拢来。女人老了，她不想男人跟她一样老去。她不能给他欢爱，她要去买，去借。

清明时节，同赵常给七红挂青烧烛。一路野花，白的红的黄的。大河刚涨过，一河绿豆汤。刘艺凤拉赵常上了一条大船，船上只一女子，十七八岁，正灿若桃花，长辫子齐腰。一身绸缎紧身旗袍。见刘艺凤、赵常上船，笑眯眯地递上茶水。口称凤姐姐好，姐夫用茶。赵常看了看那女子，灵气貌美。

春风正好，任船自漂流。这妹子叫何露，是我连人带船从洪市码头请过来的，与我们的大都督一道踏春。

游至天黑，船在一河湾泊了。岸上早有人备了酒饭，送上船来。一天星斗，新月初上。三人饮过，刘艺凤说，今夜我们只把这船当客栈，在船上过夜，妹子好好招呼你姐夫。何露低头不语。赵常不解其意，问刘艺凤，我今晚在船上做人质？刘艺凤一笑说，我今夜给二位做红娘，娶回小妹，我也有个伴儿，好说话。赵常说，我们夫妻三十年，过风过雨，哪能做此儿戏？少是夫妻老是伴，有我伴你不行吗？刘艺凤说，我们夫妻一场，恩爱三十年，我怕有一天像娘一样去了，没个人疼你。何露这妹子我已结识一年多，人心肠好，能体贴人。我今儿个做主，娶回来做妹妹，我家大都督要是不允，我也随义父去峨嵋山做尼姑。何露敬上一杯茶说，要是姐夫不肯要我，我也跟姐姐走了。

赵常回敬一杯茶，那好，也不用你姐妹逼我，有你姐妹，也是上天赐福。我赵常天不怕地不怕，老来做一回新郎怕什么？我赵常对天土日月，这辈视你姐妹骨肉至亲，也是英雄难过美人关。赵常那一晚在船上做了新郎，那一夜千般温情。

半夜里，赵常叫刘艺凤、何露一起看月亮，其实是怕刘艺凤一人孤独。

河风乍起，水中月亮摇成一叠，波光如洒。

这样的风花雪月，让英雄无语。那许多花前月下的诗，赵常只记得：

秦时明月汉时关，

万里长征人未还。

何露抚琴，如珠击玉，一河琳琅。

一个时辰，云遮月。刘艺凤催赵常、何露入船舱，房事过后，易着凉伤身子。

赵常拥新人入眠。刘艺凤坐在床头理自己的头发，几根飘落，竟是银丝。落叶可归根，不复上树。

这河湾寨子，叫拖船洞。夏向杂姓。农家三月，正是忙月，春耕播种。夏家老汉彻夜打点农具。拧犁扣，磨镰刀，

173

看看锄头把松了，紧紧点，泡泡水。铧锈了，擦亮，上点桐油。又去牛栏里看了一回，给牛添夜草。牛吃夜草长膘添力。又把葫芦里的种子倒出来选了一遍，选好种，出好苗。

这些活，夏家老汉少时就会。这些农具就是他的器官。人同铁木，说不上情感，但缺了就会痛。有一回，夏家老汉割牛草，不小心把镰刀落下天坑，他下到几丈深的天坑，拾回那把镰刀。人没摔死，刀回来了。

夏家老汉恨这些农具。有好铧，要生锈。有好犁，要犁扣，犁扣断了几十个，犁头不断，磨人。有好牛，要吃草，不吃你个牛日的会死啊！有好地，年年犁；有好苗，要锄草。这把镰刀，总要磨，缺了缺了又去磨。月亮缺了不要磨。

夏家老汉的老伴前年死了。老伴死的时候说，我嫁到阴间去了，你再娶一个回来。夏家老汉身体好，看起来比赵常老，其实比赵常小一岁。夏家老汉没再娶，虽说三川半小，找个两只脚的做老婆还是找得到。找个老婆多张嘴，多条裤子，要是不小心生了个小的，麻烦就大了。

夏家老汉一儿一女，都在外边做事。儿子当土匪，女儿在洪市码头妓院里做那个事。一家人都算有事做，托三川半的福。

夏家老汉忙完夜活，上床眯一会儿，鸡就叫了。一翻身起来，对着尿桶撒尿，手按不住下边那活儿，一泡尿没尿进桶里，直冲到木板壁上。一边尿一边骂，你就不听话，我这板壁是杉木的，桐油油过的，沤坏了你赔不起！

一个炸雷，像炸开了天门，雨泼下来。夏家老汉和牛下到田里，赶时抢天水做田。牛和人忙到午时，一块旱地变成一汪水田。夏家老汉对牛讲，你看今年又多收三五担谷。牛眨了眨眼，用尾巴甩打屁股上的一只牛虻。

夏家老汉看到河里的大船，他不知道那船上有大人物，他也想象不出有个女人帮自己的男人找小老婆。他对牛说，等我有了钱，请好木匠做条大船，我和你去洪市码头，去南京，去上海，给你洗个热水澡，给你找个城里的花花牛，做你的新娘。那个时候，你只管过幸福生活，不要你耕田，你只管去玩。我还给你买顶官帽子戴着，走到哪里都像个乡长。

夏家老汉给牛一些嫩草，他在太阳底下睡着了。

雨一停，云散了，太阳出来了。

蚂蚁们不懂事，以为是个死人，爬到夏家老汉身上，钻进裤裆里乱咬。夏家老汉伸手挖蚂蚁，蚂蚁逃了。把自己的蛋蛋挖疼了，骂了句又睡着了。

太阳照热了泥土，很香，像煮熟了的大米饭。

午时过了，来了个开船的，赵常他们的船返程了。

赵常问开船的，这岸上寨子叫什么？

开船的说，叫拖船洞。

## 四十三　三川半的日头

三川半的日头像一块铁，慢慢地热，慢慢地冷。

布谷鸟叫过，杜鹃叫过，麻雀往尾檐下钻，冬天就来了。

三川半的雪是暖的。三川半有很多赤脚，人，牛，鸟，兽。暖而松软的雪地，印上许多脚印，把一个三川半的冬天，这里画上一笔，那里画上一笔。走的画，飞的也画。一点一点，一线一线。那些不飞不走的也画。石头是黑色的，树是绿色的，河流是亮晃晃的。太阳是红红的，月亮和星星是金色的。这是冬天。春天是什么样子？夏天是什么样子？秋天呢？那万个变化，人往往目瞪口呆。能记住的是大笔的颜色，与记忆同在的时光。生命像草一样，一季又一季，枯了又绿了。从汉唐到永远。三川半这巴掌大的天空，挂满星辰，挂着太阳和月亮。太阳很近，月亮很亮。因为汉唐，三川半变得辽阔，因为永远，三川半就会长久。

人熬不过日头，大姨妈变得越来越糊涂。她对如是说，媳妇崽，我不是装蠢，我真的蠢了。她对王开明说，我想抱孙子，等不到了。我去帮七红姑奶奶洗衣服，端茶倒水。你姑奶奶一辈子有人服侍，她现在身边缺我这么一个人。

人说死就死了。大姨妈喝一口鸡汤，汤没吞下，含在口里人就死了。

如是哭了三天。王开明没哭，他只是难过。有了银号，有了钱，有了老婆，娘死了。人要不死，就一辈子有个娘。

大姨妈埋在七红的坟旁边，大姨妈的坟比七红的坟小很多，王开明想把坟做得和姑奶奶七红的坟一样大。大姨妈生前交代过，她要和姑奶奶七红埋在一起，坟要比姑奶奶七红的小。姑奶奶七红住大屋，她住小屋，这样才像。

过了清明节，那位突然走了的桐油商又突然来了。

他告诉赵常，说北伐战争不打了。红军和白军现在也先不打了，打日本人。日本人打到中国来了，大家一齐打。不打我们就完了，我们就帮日本人开银号帮日本人种田了。

赵常说，我那位兄弟，那个陈大任，现在在哪里打仗？

桐油商曾可以说，陈大任现在是司令，在北方打仗。日本兵怕死了他。他手下有位瘸子团长，也是个狠人。他在打仗时掉了队，落在日本人兵营里，一个人把日本人的指挥部炸了，又一个人找回部队。立了大功，当了师长。

赵常说，我跟你去找陈大任兄弟，我还不如一个瘸子？

曾可以说，你只给我一些兵，再借你一些钱。你守住三川半这个后方，兄弟我借重你的时候多。

曾可以不等一宿就启程。赵常叫来龙二，说铁公鸡也要拔根毛。龙二一声吆喝叫来几条壮汉，你们多装些银圆到船上，送给曾老板，不要把船压沉了就行。

曾可以走了。龙二对赵常说，那么多银圆让人拿走了，我好心痛。

赵常说，银子变水哪个不心痛？日本人打到三川半，命都没了，还心痛？

龙二勉强打个哈哈，钱嘛，又不是爹又不是娘，生不带来，死不带去。只是交给那曾可以，他私吞了不冤枉？

赵常也打了个哈哈，龙二呀龙二，天下也只有你龙二想得出这个心思。人家曾老板是做大事的，要你几个银圆？你当人家是打三棒鼓讨打发的？

龙二忙说，那是那是，我龙二也跟着做了件大事。

赵常又说，你这铁公鸡也算拔了一根毛。我还有几个私房钱。你缺钱时跟你嫂子要，钥匙在她手里。那些钱是三川半的救命钱，你这个府长莫乱花。明年青黄不接时，三川半又要花钱，你看着办。

龙二说都督大哥放心，我现在也算个父母官，替都督大哥掌印，我办事不给大哥丢面子。

日本人来得猛，那时的中央政府迁都重庆。红军在北方跟日本人打。白军在云南跟日本人打。老百姓跟一些地方部队到处跟日本人打。打死了好多日本人。打死了好多中国人。

美国人、苏联人也来帮中国人打日本人。三川半人讲，人多好种田，人少好过年。打仗也是人越多越好，人多势众，就能取个胜利。人多死得也多。在云南腾冲，一座小山埋下一个师的白军将士。若干年后，那些石碑长满青苔，那座小山像沉睡的兵营。北方的红军打仗灵活一些，把日本人放明处当靶子打。红军白军，都读《孙子兵法》，心得不同，打仗也不一样。后来的军事家，想破脑壳，得了个战争话题，叫不对称作战。红军早就用过，屡见不鲜。

当时的中央政府迁都重庆，重庆就叫陪都。陪都也来人到洪市码头借钱。龙二邀集各家商号银号，照给一船银圆。人家拿走了银子，龙二一拍胸脯，我龙二就是舍得。我龙二别的本事没有，就是钱多！

陪都白军早闻洪市码头好玩，日本人的炸弹也没扔到那里。就三五结伙，偷偷摸摸到洪市码头来找乐。三个五个，到了洪市码头就是一大堆兵。

开始，妓院里做事的姑娘还肯接几个伤兵，那些伤兵断腿断手，还好没断胯中一截。他们做完事，姑娘们不要钱。后来兵多了，姑娘们不干，出多少钱也不干。只陪兵们喝茶，劝他们回去打仗，把日本人打跑了，你再来，要怎么样就怎么样。

后来妓院干脆关门，门上有副对联：

青天白日你不抗日我抗日；

老枪新枪你不打仗是烂枪。

兵们看了对联，就从洪市码头撤走，上了战场，把憋着的火气喷出来，有的成了英雄，有的当了烈士。

邓肯博士的侄子是位飞行员，也来到中国战场；来到中国的白求恩医生，也跟他是同一师门。

邓肯博士和赵自龙说话，每天飞机从头上飞过，说不定哪天炸弹就掉下来。

邓肯博士对赵自龙说，日本人和中国人都信佛教，文字也很相像，又是邻国，该是好朋友，为什么要打仗？

赵自龙说，正是正是。阴阳不调，脉络不通。下过猛药，才得病好。只是这个病，要多久才能治好？

这天天气真好，几丝白云，若着白纱的女子慢慢走过，天蓝若深潭水，太阳很温和。忽然有黑压压的云过来，走得很快。近了，原来不是云，是一群鸟，哪来这么多鸟？

田里插秧的人，坡上放牛的人，都抬头望这奇妙。

又有两架飞机相逐而来，在空中斗架。一会儿，两架飞机同时冒烟，两朵白云一样的东西落下来。这是三川半人还叫不出名字的降落伞。两顶降落伞徐徐飘落，最后挂在医院的屋檐上。邓肯博士和赵自龙搬来楼梯，把挂在上边的两个人接下来。一个蓝眼睛的西洋人，一个像中国人不会说中国话的日本人。

邓肯博士和那西洋人相对一望，两人都惊呆了。那西洋人正是邓肯博士的侄子杰克。两人紧紧拥抱。邓肯博士说，上帝叫杰克来看老叔。杰克说，感谢上帝。杰克指着那个日本人说，刚才就是这小子把我的飞机撞下来的。日本人不要命，用他的飞机撞我的飞机。

外边看热闹的议论，那东西坐在上边都脑壳晕，还在天上打架，找死！

那日本飞行员不说话。邓肯博士早年去过日本，会一点日语，对日本人说，我们这里是医院，你是天上掉下来的病人，就在这里休息。

赵自龙过去拍了拍日本人的肩膀，你现在没飞机了，不能丢炸弹了，算三川半的客人，等会儿请你们吃饭。你吃饱了，给你路费回日本，莫再来了，我们人多，你们打不赢。

日本人似乎听懂了。

杰克告诉邓肯博士，他现在是陈纳德将军飞虎队的成员，少校飞行员。

邓肯博士做了一道菜，白菜、胡萝卜、豆腐、粉丝煮在一起。赵自龙说，老师做的这道菜是三川半的过年菜，叫合菜。合家团聚一起吃饭的意思。邓肯博士说，这也是一道日本菜，我在日本秋田农家吃过这道菜，可能也叫合菜吧！一道家常菜。

那日本人突然开口，说了句中国话，谢谢！他说他会说中国话，他说他的父亲是中国人，母亲是日本人。他的中国名字叫沈铁民，日本名字叫黑泽民。黑泽民说他父亲也是一位医生，中医内科、西医外科都会，在一个叫琵琶湖的地方有一家私人诊所，父亲是家乡一带的名医。

人间万事，因果联系，原来就这样天衣无缝。就是诗人彭努力那一肚子才学，也做不到这样奇妙。就如灵山秀水，鬼斧神工造就，哪容再添笔墨？

后来，杰克回了他的飞虎队。

黑泽民自幼跟父亲学得一些医道，帮父亲抓药。他留在赵自龙的医院当帮手。

日本人战败，在芷江受降后撤回日本，黑泽明还留在赵自龙的医院里。到他回日本时，已是一名医道出色的医生了。由红十字会安排黑泽民回日本。临别前，他向两位老师行日本礼，把腰弯成那样。赵常对他说，你心中有佛，能当个好医生。中医治病，是医人，医人身心。黑泽民说，只是那些死去的人再也医不活了。还有那些受伤的土地，我想种成森林。我要回去了，母亲病了。邓肯博士说，上帝怜惜，你回去吧，好好看护母亲。日本的大米真好，我再到日本你请我吃饭。

日本的太阳也很好，像三川半的日头，让万物生长，让稻麦成熟。

三川半的和风、阳光，是爱和慈悲。这太阳的风景，让人惭愧。他这个西洋人，高贵的文明的西洋人，站在这太阳底下，与一个侵略者依依惜别。他的《圣经》，他的上帝的盐，总是撒在战争的伤口上。他的同胞，西洋人，东洋人，八国联军和鸦片，也是在这样的太阳底下，杀人放火，掠走财富。多么像加勒比海盗。

再见，黑泽民，借给你上帝之手，捧着阳光捧着这三川半的阳光，这泥土，回去，回到你的祖国。

再见，黑泽民。用这阳光，洗净我们的手，我们的心，我们的胸怀。

我们都是由神召唤而来，我们是手足兄弟。

白求恩大夫死去，柯棣华大夫也死去后，邓肯博士回到西洋。

赵自龙娶了博士的助手，湘雅医院的一位护士。雅礼协会的会员，美国籍的法裔女孩，她的祖父是位伯爵。

## 四十四　湘雅

湘雅医院，后来是一家很有名的中国医院。那时的湘雅医院还是小医院，叫雅礼医院。后来的省政府同雅礼协会联合办院，改名湘雅医院。再后来，报当时的中央政府审批，办医学院，先办了个护理班。

赵自龙的女人就是那个护士班第八期的学生。这小女生叫玛丽·杜拉斯，怎么就来到三川半赵自龙身边，前人没说，后人不知。

在反洋教的时候，长沙城里人、乡下人要烧医院。一个三川半人，一个土匪头子，他曾经到湘雅医院治过枪伤。那天他正好来谢医院。他站在医院门口，大喊我是三川半的土匪，专门杀人放火。但是这里的洋人杀不得，这里的房屋也烧不得，以后我们有了伤病，不求这里求哪里？湘雅就这样留住了。留下是福。

算起来，湘雅同雅礼是亲家。三川半赵常的医院是湘雅的女婿。

多少年后，三川半人到湘雅当护士，当医生，当博士生导师。西医学界有些名气的张亚林博士，是行为医学、精神病学的掌门人，是后来湘雅医学院院长杨德森教授的得意门生。按画家黄永玉的说法，三川半人有脸啊！

在张亚林博士成为学科掌门人的时代，三川半已经通了火车。火车是一个大行动。三川半的河流，水还是那么满，河道还是那么宽。水路突然间变得狭窄。这一变化，靠水吃水的洪市码头的繁华，也成为往日故事。

三川半人看事物，爱猜想。张亚林博士怎么成了湘雅的大人物？猜想源头，可能是他当年救了湘雅的那土匪头目的亲戚，当年有个土匪头目叫张平，博士与他可是族人？张博士是永顺人。三川半十里不同音，五里不同族，想来也不是。

湘雅医院是一座医院，这是千真万确的。每天有许多人在那里挂号就诊，有许多人在那里出生和死亡。那里有许多看病用的仪器，有显微镜技术、光技术、超声波技术，以及这些技术的支持和延长，以及在远处和它联系在一起的仪器仪表厂、制药厂、被服厂、火葬场、殡仪馆、墓地，还有这一切的管理者、医护人员输出地、钢铁业、化工业。湘雅医院是一种组合，一个复杂的方程式，一首长诗，一篇报告文学。如果加上在那里出生和死去的人，也是一本小说。神学或者历史，都曾经附会湘雅医院。然而，那一切都不是湘雅医院，只有湘雅医院才是湘雅医院，这里的工作是杀灭细菌和病毒，让人体器官健康地工作。

　　湘雅医院是真实的，是三川半的参照物。三川半或许将来被写进地理课本、历史课本，但还没有，没有过。三川半只是民间艺人快板中的名词。三川半是模糊的，无以描绘其轮廓，不好确定其疆界。虽然它的季节是真实的，声音和温度是真实的，植物和人是真实的。但是，它总的来说是模糊的，只有作为湘雅医院的参照物才可能存在。

　　张亚林这个人物也是真实的。一位医学科学工作者，一位人文工作者，一位有灵魂的医生。一个人去找张亚林博士看病，这个人叫诗人彭努力。

　　一看就知道这个人有病，又老又病。他是诗人，诗歌本来就是病，诗人彭努力脱光了牙齿和头发，像经过化疗或受过核污染。

　　张亚林能准确地判断这个人的精神状况和各个器官的运作情况。

　　诗人彭努力脱光了牙齿，这并不影响他的辩才，他太有才了。他反复论证他没有病。

　　张亚林博士看过许多病人，他也许早忘记了这位病人。

　　诗人彭努力也许从没到过湘雅医院，他同他的岁月一起死了。

　　张亚林博士的时代是新社会。

　　两个社会两重天，两个场景的人物怎么会碰在一起呢？

在湘雅医院的后来，一个高速度发展的时期，一个当时的现代化时期（所有的现代化都是当时的现代化，现代化是人类进行时的一个名词）。这个时期，三川半人搞了一笔钱，在湘雅医院旁边盖了一家五星级酒店。三川半人进城，就住这家酒店。这家酒店有一种语言，是地道的三川半语言。在酒店的厕所里，抽水马桶两边的隔板上，乱写乱画有野性和下流的民歌。赵常和刘艺凤在石板做那个事的连环画，画法低劣。在这些地方，确实会捉摸到三川半这样一个地方，有人居住在那里。这些人类到城里，也视同荒野。如何地要城市化，如何地加速，三川半也只显出一个"慢"来。

三川半人进湘雅医院不会撒野，各种检查早已把他们制服了。然后躺在病床上，挂上吊瓶，看着天花板数日子。

要死也回三川半去死。

那里是世界上最好的地方。那里有他们的年节，有他们的大声说笑，还有他们治病的偏方和药草。

有他们的三川半的岁月和年景。

## 四十五　使我嫁妇无颜色

把火车搬走，把那些铁轨也搬走。让张亚林博士再回到娘肚子里。

一切又回到了从前。

三川半还是赵常的那家小医院，小医院治大病。

洪市码头有了十几家银号，十几家镖局，几十家大烟馆，几十家妓院，当然不算发廊和洗脚场。还有了十几家报馆。那些舞文弄墨的不像诗人彭努力一样写诗，就办报馆。报馆的包打听，捉住那些体面人宿妓院、包二奶，动不动就要曝光，捉住贪污几个银钱的也要曝光，捉住黑社会一般不会曝光。体面人花钱封口，黑社会杀人封口。那些有经验的包打听很会做事，讲个分寸。他的日子混得还好，报馆也很红火。

王开明的银号还能赚钱，他的合伙人，那位江西的银号老板李家富回江西了，他把银号的本钱留给金玲子。那时候，金玲子才二十一岁。她觉得一下子很老了。相伴的男人一走，女人就老了。女人总是不会好好计算年龄，不老说老了，老了说不老。她知道李家富一回江西老家，是再也不会回到她身边了。一场相好，就是这个结局。怨他吗？不，怨命。没有这个男人，可能更糟，两个人相好，过了许多好日子。一天一天地算，很长；一年一年地算，很短。离别的时候，两个人喝了很多酒。两个人脱光了，抱了一夜。金玲子说，家富，我们再也见不着了，你好好要我吧，把这辈子做完。李家富就是硬不起来。金玲子百般弄他，还是一根棉花条。

李家富说，别弄了，我下边那根筋断了，再也硬不起来了。别怪我，我的任务完成了。我走了，你要好好照顾自己，找个好男人，留给你的钱能过一辈子了。

金玲子流了一夜泪，打湿了枕头。

你留我的身子，留下这些钱，还有什么用？还讲什么一辈子？我跟你，不是你的钱，也不是只做那个事，是你疼我。你走了，有谁来疼我？

李家富摸了一把脸，知道自己哭了。李家富骂自己，金融危机都没哭，跟女人哭了。这女人，让人断肠啊！

第二天，王开明、如是和金玲子一道送李家富上船。

船远了，李家富大喊：开明兄弟，帮我照顾好金玲子。

船行三川半大河，入洞庭湖，进长江，行江西。水流东方，人去不复回，多少心思做流水。如是想金玲子一个人可怜，便在洪市码头住了客栈，做个相伴。

那年生意还好。王开明领伙计账房先生三人送银账给金玲子，她进了一大笔钱。金玲子看王开明，这个姐夫怎么看怎么像李家富。金玲子笑上眉梢，给伙计和账房先生一人一个大红包，留下王开明吃酒。这大雪天，亮得雪光意惹人。金玲子暖了米酒，又下手烧了腰花猪舌。两人对饮，任窗外雪飘冰封路，更显屋里温柔情。米酒加蜂蜜，吃来甜口，多饮就醉了。醉了就相拥而眠，醒来一场男欢女爱。做过两人都生悔意，这怎么得了。金玲子怨自己，这叫偷人。要偷人，两只脚的男人有的是偷，怎么就偷了如是姐姐的男人？王开明坐起来叹气，这一搞，把个忠诚节义都搞掉了，把个大男人搞小了。千不该万不该，不该甜酒又加蜂蜜，天不该下雪，人不该乱性，女人不该香，男人不该臭。

如是一人在客栈，等王开明回来。左等不来，右等不来。账房先生和伙计得了红包，吃了酒到妓院去了。找人不着，如是只好到金玲子的住处找人。门是虚掩的，进去一看，两个人正躺在被窝里。

金玲子慌忙起来，叫了声姐。王开明一滑下床，跪在地上，不敢抬头。

如是说，妹子，你看，我家男人喝多了，这个样子。如是拉起王开明说，有本事就把我金玲子妹妹娶过来，别这样偷偷摸摸的。

如是又对金玲子说，妹子，选个好日子，我八抬大轿接你。只是我们家不比这洪市码头热闹，不知妹子会不会习惯？

金玲子说，妹子哪来这个福气？妹子一时糊涂，以后不会这样了。

如是说姐姐也是女人，这种事，有了一回，就有两回，干脆一起过日子，也省得人家讲闲话。妹子单身一人，守得住一天，守不住一年。一个女人，哪能天天守得住？只是妹子嫁过来，要怜惜男人，太猛了男人受不住。男人是瓷器，经不得摔，要用得久，得小心着呢，细水长流。

如是这番话，让王开明无颜，无语。

这叫作什么事呢？捉贼捉赃，捉奸捉双。这样叫如是拿住，又一番话，句句是敲打。

如是又对王开明说，妹子这一张床也挤不下三个人。你是留在妹子这里，还是跟我回客栈？

王开明跟如是一同回客栈，一路走一路赔不是。如是说，一个大男人，能不能出息一点儿？你帮我疼了一回妹子，我感激你还来不及呢！

回到客栈，如是睡了。王开明不敢上床，一个人烤木炭火。

如是说，别坐那里当相公，到床上来。如是拉王开明上床，帮他脱光衣服，如是也脱了个精光。你这馋猫，不是喜欢吃鱼吗？你来呀。王开明做了很大的努力，想有个好的表现，临场发挥不好，像那些口若悬河的人，突然忘了演说词。

他拼命地抽打坐骑，马儿就是不动。如是说，你这真叫皇帝不急太监急呀！我哄着你，疼着你。要是把你哄成皇帝，那三宫六院你要有福才能消受。男人啦，没有女人想女人，有了女人想别的女人。女人是只药罐子，迟早把男人熬成药渣。

王开明现在真的蠢了，没有一个词，没有一句话。

冬月十八，黄道吉日。

没有八抬大轿，这，金玲子早会知道。王开明一个人戴了墨镜，打了把洋伞来接她。这金玲子没想到。洪市码头天还没亮，新娘和新郎踩着雪，一路走到王家。古道新人新事。这多少人踩成的大道，走起来就这么难。积雪很冷，然后就不冷了；风很冷，然后也不冷了。

进了家门，如是叫了声哎哟妹子，这大雪天请不到轿夫，让妹子受苦了。金玲子笑了笑，姐姐让姐夫来接我，我已是皇帝命了，苦什么？

吃过饭，金玲子觉得浑身发热，头痛得要炸开。然后就昏昏沉沉，似梦似醒。

如是对下人说，我这妹子得了瘟病，这大雪天，也不好找医生来，给她找个地方先养病。

下人问，太太，这位小姐睡在哪里？

柴房，如是说。

下人们把金玲子抬进柴房，一张草席，一床被子。

天亮了。金玲子清醒过来，唤下人叫如是来。如是披着狐皮款款地过来。

金玲子说，妹子过来，是想给姐姐再赔个不是，往后一辈子伺候姐姐，可惜我没有那福气。我这病，怕是好不了。

如是说，你要好了，让姐姐好好疼你。

金玲子用力睁开眼，望着如是，姐姐不怪我了？

如是说，不怪。

金玲子闭上眼睛，觉得自己飞起来，像雪花一样飘落。

如是打了个冷战。这柴屋，积雪的天井，这大宅，都那么惨森森的。

金玲子死了，那一身秀气没死。睫毛长长的，脸那么白，像雪人，像蜡像。王开明用一块白布把金玲子盖上。

如是请来道士超度亡灵。

置了口大棺木，一路敲敲打打，唢呐爆竹声音。送上山，找个地方，挖个坑，把人埋了。后来，金玲子的坟上开了一束百合花，红的，黄的，紫的，白的。开这种花的百合叫药百合，苦的味。

洪市码头的报馆出了篇文章，标题是：

红颜学林冲雪夜奔走；

须眉不英雄羞煞新娘。

如是派下人背了钱袋子收买那些报纸，不想越买越多。报馆赚了一大笔钱。

报馆就像一只口袋，机会来了，钱就往口袋里钻。


## 四十六　和穷人一样吃饭

七红说，你们要和穷人一起吃饭。刘艺凤从七红手里接过钥匙的时候，娘对她、对赵常说过这句话。她一直猜这句话的意思。是和穷人一起吃饭，还是吃穷人一样的饭？穷人的饭一定很难吃。穷人经常挨饿，能吃的东西都吃。娘说的话可能是这个意思。刘艺凤叫厨房把菜减少，每日三餐，一素一荤一汤。有了鸡蛋、豆腐，就不再上荤菜。除了年节，不喝酒，衣裳不破就不添新的。这样一年下来，让刘艺凤大吃一惊，竟省下许多钱。

这还不算和穷人一起吃饭，这只算节俭。

娘说的话可能还有另一个意思，要穷人像我们一样吃饭，有酒有肉，天天过好日子。穷人食量大，他们过得起好日子吗？

娘的话留下两个意思：吃饭和穷人。

三川半有多少穷人？刘艺凤不知道。穷人有多穷？刘艺凤不知道。人生下来为什么会有富人和穷人？刘艺凤也不知道。

刘艺凤问赵常：娘在的时候说过一句话，要我们和穷人一起吃饭。你还记得吗？

赵常说，记得。老人家的意思是教我们吃三川半的五谷杂粮，莫忘记三川半。

刘艺凤说，还有，要记得三川半的穷人，要他们有饭吃。穷人都有饭吃，三川半才会好，才不会有那么多土匪。饥寒起盗心呀。

日本人炸过之后，三川半的天炸坏了，一下子来了那么多飞机，三川半的天空哪受得了？天炸坏了就连下暴雨，从清明节下到端午节，大水把青苗淹了，把三川半的沃土一直冲到洞庭湖。富人仓里有粮，穷人没仓，只有米桶。一家家米桶见了底，挖草挖蕨摘野菜。也有富人施粥，在路边摆上粥桶，让逃荒的人吃饱再逃荒。

赵常和刘艺凤商量，开仓放粮。要保甲长领饥民到各处粮仓领粮食、领钱，不逃不走，把三川半守住。

到了第二年秋天，新粮出来。赵常和刘艺凤不坐轿，不骑马，到处走走看看。走了大半天，一路上稻子很好，仓谷也很好。

到了胡家寨，村民送上苞谷粑粑，他们一人吃了三四个。

赵常说，真好吃，又甜又香。刘艺凤说，人饿了什么都好吃。我们走了半天，饿了。刘艺凤拿了几块银钱给村民们。一村民说，苞谷是土里长的，吃几个苞谷粑粑还要钱啊？

两个人回来，一路走一路想，和穷人吃饭就是他请你吃饭不要钱，你请他吃饭也不要钱。大家不要钱，就过吃饭不要钱的日子。

吃饭不要钱，后来成为三川半的一段历史。穷人们一起吃饭成为一个大场面。大家拼命砍伐森林、炼钢、建土高炉、种卫星苞谷，把粮食种成卫星，产量比飞机飞得高。那个时候三川半的长官叫作书记，穿四个口袋的衣服，挂一支钢笔，戴啄啄帽子。有书记炉，书记田。那个时候诗人彭努力还是诗人，还能写诗，他有两句著名的诗：

　　书记炉，真要得，

　　又出政治又出铁。

他得了诗歌大奖。一个笔记本，不是电脑，是真正的硬壳笔记本。一支钢笔，和书记一样的钢笔。一张奖状，一定是盖了大印的奖状。诗人彭努力成了获奖诗人，李白、杜甫甚至屈原都没搞到手的东西。那个时候诗人彭努力已经脱光了牙齿，他当年那个小美人也白了头发。诗人彭努力说，有志者，事竟成。小美人说，铁杵磨成绣花针。

就在日本人回到他们的岛国后的第二年，是三川半的灾年。就那么一年时间，赵常家见底了。仓里无米，库里无钱。那些米是救命米，那些钱是救命钱，为的是三川半不饿死人。刘艺凤把钥匙捧在手里，喃喃自语，娘，我们和穷人一起吃饭。家里没了米，没了银子，赵常才想起自己什么也没有了。他在三川半，没一丘田，没一棵树，没一头牛。那些都是农民的，或者是地主的。他不是农民，也不是地主。

赵自龙从医院拿来一袋米，这米也吃不了几天。刘艺凤想起了亲戚王开明夫妇开银号，叫人去借钱。如是见是姑奶奶家的人，给了一个银圆。赵常叫人去找龙二。龙二说，真是急了青蛙也咬人，好吧，我就叫它咬一口。也给了一个银圆。

这叫吃人情，吃面子。赵常一家就这么过日子。

赵常想到桐油商曾可以，想到义弟陈大任。当初若是一咬牙，投奔义弟陈大任，也不会落得像今天这样的窘境。

赵常也算三川半英雄男儿。一箭退中央军，一枪退竹山部队，一枪退周矮子。笑谈之间，与大英雄贺龙换坐骑。千军万马，举重若轻。这钱，这米，着实叫人为难。

一家人吃饭不难，难就难在那些兵士。赵常还有部队几万人。赵常想，三川半还有许多无主的荒地，让那些兵士开荒种红薯、种南瓜、喂肥猪。那些兵士跟赵常一样，不是农民也不是地主，去当土匪，赵常的兵士没人敢要。那些兵士个个好劳力，好劳力创丰收。肥猪很肥，赵常又养得兵强马壮。

三川半过大年，兵营杀了肥猪，磨了豆腐，煮了酒。赵常叫兵士们请那些没酒没肉的穷人一起过大年。

那是三川半最热闹的年饭。

过完年，赵常和刘艺凤记起了胡家寨，那个吃了苞谷粑粑的地方。他们要去那里拜个年。

进了胡家寨一户人家。茅屋柴门。这家人说猫鸡不在了，一家人叹气。

刘艺凤问，你们家是猫和鸡都不见了？

刘家人告诉他们，猫鸡是个人，他们家的小女孩。他们拿猫鸡换了一升小米。过大年那天，猫鸡回来了，她昏倒在堂屋里，手里抓着一把大米饭，拿回来给娘吃，一家人吃大米饭好过年。猫鸡不见了，这样一个疼爹疼娘的小女孩不见了。

赵常说，你们别急，我一定会把猫鸡找回来。

赵常没能把猫鸡找回来。多少年以后，一位老人走了很多路，最后，像当年的那位小女孩一样，爬回了家。她背了一袋子米。这是老了的猫鸡，那个时候，猫鸡已经做了祖母，她的儿女都是有钱有米的人。

## 四十七　岩板上呀开哎花呀岩板上啊红

油桐花开花了，一大朵一大朵。梨花开，桃花也开，野樱桃和李子树也开花了。阳光一暖，花变得很香。

有人来了，很多人来了，叭叭叭叭，脚步声一齐响。

是过兵。

像那支老歌：

> 屋里点起灯，
>
> 妹子在缝针。
>
> 侧着耳朵听，
>
> 门口在过兵。

走在队伍前边的，骑高头大马的是瘸子老五，人们认出来了。

瘸子老五的部队一个个头戴红五星，背着枪，还背着米袋子。他们住进老百姓家，帮老百姓挑水、劈柴，饭熟了大家一起吃。

这晚，燃起了大火。

部队里的女兵男兵围着火跳秧歌舞，锣鼓敲起，咚咚锵，

咚咚锵，咚咚锵锵咚咚锵。小伙子大姑娘们看着热闹，也一起跳。女兵们拉着小伙子，男兵们拉着大姑娘，教他们扭秧歌。

一位女兵亮起嗓子唱：

> 崖畔上开花崖畔上红；
>
> 受苦人迎来了解放军。

小伙子大姑娘们跟着唱：

> 岩板上呀开哎花呀岩板上啊红——

他们听不懂，把崖畔上唱成岩板。三川半的话里没有崖畔，只有岩板。

一位当官的站出来大声说，大家停一停，听首长讲话。

首先就是瘸子老五，大家噫了一声。瘸子老五是大官，比赵常大都督还威风呢！人挪活，树挪死。瘸子老五出息大了。

瘸子老五说，乡亲们，你们还会记得找瘸子老五不？我是吃三川半的奶水长大的，吃三川半的苞谷红薯长大的。我就是那个偷你们南瓜红薯的瘸子老五。

大家一声哄笑。

我这回回三川半，就是要和你们一起种苞谷红薯，吃饱饭不挨饿不受穷，不让土匪抢我们，不让富人捞穷人的油水。

我们要吃得像富人一样胖。我们还要选自己的官，办起自己的政府。我们还要……还要……还要……要的都有。

瘫子老五然后带领大家喊毛主席万岁！共产党万岁！最后领大家一齐喊三川半万岁！一位戴眼镜的军人喊了一句：家园万岁！

瘫子老五说，我们的秀才讲得好，家园万岁！南瓜万岁！红薯万岁！好日子万岁！

瘫子老五又大声说：我忘了告诉大家，解放啦！

那个时候，瘫子老五是团长。回到上个世纪初，团长是多大的官？很大。那可是个货真价实的官，打仗打出来的。身经百战没打死，才当了个团长。

解放了，有一件大事不得不做，就是斗地主，分浮财。有的财主很乐意地把财产田土分给大家，叫开明地主。请客吃饭做文章绣花绘画一样地过去了。有的财主爱财惜财，分他的好东西如割身上的肉。把银圆珠宝藏起来，就要挨打。三川半土地改革工作委员会统计，解放后那阵子，三川半挨过打的财主占一半以上，这些人不开明，不挨打不行。后来搞阶级斗争，按照毛泽东年轻时写的一篇文章，叫作《怎样分析农村阶级》，地主怎么样，富农怎么样，小土地出租怎么样，定下阶级成分。阶级斗争，开明地主和不开明地主都是坏分子。就是阶级斗争，也是开明的不怎么挨整，不开明的挨整。三川半的地方小，没有一个地主够得上陕西的李鼎铭先生那个级别。

解放了，用的是新钱，叫人民币。旧钱不用了，铜钱、银钱、旧纸钱都不用了。钱这种东西说变就变。对钱的认识，还是聪明街的人聪明，什么都当钱，什么都不当钱。

龙二、王开明，还有大大小小的洪市码头的老板们，一下子变蠢了。

三川半万岁。钱不万岁。谁见过万年流通的钱？

瘸子老五的部队进三川半，只和土匪打过仗，跟正规军没打过仗。正规军和平起义了，三川半也算和平解放。程潜、陈渠珍都参加了新政府。赵常的部队也整体收编，后来参加抗美援朝。

后来的纪念碑上，记下许多烈士的名字，都是剿匪牺牲的。碑上刻着总理的题词：

　　剿灭土匪，功在人民。

土匪成为故事，有几本书和电视电影作品讲过土匪故事。地方志里也记下了。那些土匪跟赵常没什么联系，就不扯他们了。那些土匪差不多都死了，活过来的是几个老人，参加过抗美援朝，国家每个月给一百块钱，后来给两百块钱。那个叫师兴周的土匪头目，被拉到河滩上枪毙。几枪没射死，他倒下又爬起来，拿起一块石头扔过来喊，你们拿机关枪杀我呀，我日你的娘。然后就死了。他的血流到河里，鱼虾都死了半条河。蚂蚁吃了他的血，也死了。三川半人说，这是个恶人，他的血有毒。

有两封信传到瘌子老五手里。一封是陈大任的，一封是桐油商曾可以的。信里说赵常和龙二对革命有功，对抗日有功，是开明人士。

划阶级成分时，瘌子老五根据政策，把赵常和龙二定为开明人士。后来，赵常是省参事，龙二当了政协委员。

王开明算个资本家，算是坏分子，如是也算坏分子。

解放那年，刘艺凤得了一场大病，死了。她把钥匙交给何露。她对何露说，现在我们家只剩下这串钥匙了。大都督也没有了，他人老了，你要改嫁就嫁个好人，不改嫁就和老头子一起过日子。

何露说，我都嫁了男人了，还嫁谁呀？

瘌子老五把土改工作搞完了，他还不走，他要找夏家叫菊花的女人。

菊花在解放前一年死了，她的坟在一棵油茶树下。菊花住的那屋还在，没人。瘌子老五推开木板门进去，屋里结满了蜘蛛网。蓝色印花被子叠在架子床上，一顶麻布蚊帐已经变黄。桌子上的一只竹篮子里装着没缝好的布鞋，旁边整齐地摆着一双双布鞋，一只脚大，一只脚小地配成一双一双布鞋。瘸子老五拿起一双又拿起一双，一共三十九双布鞋。算起来，他离开三川半已经三十九年了。

他带着那些布鞋，走了，很多人送他。

赵常、龙二，有了新头衔，以前的那些头衔都不算了。

那些买来的或委任的头衔都不算了。

以前的地契、委任状、法令、文告和钱一并作废。以前的政府叫伪政府。老百姓叫作人民。

纪年从公元一九四九年开始。

赵自龙的医院叫人民医院。

新政府叫人民政府。

天下是人民的天下，三川半是人民的三川半。

人民，所有人共享的名词。

赵自龙的医院改成人民医院，药还是那些药。麻黄桂枝汤还是麻黄桂枝汤，只有一样药慢慢改了名字：盘尼西林改叫青霉素。盘尼西林是外国的，青霉素是中国自己出的。邓肯博士走了，是在司徒雷登走了以后走的。邓肯博士走了，没有人写文章。司徒雷登走了，毛泽东主席写了一篇文章叫《别了，司徒雷登》。

解放了，王开明还是过富人的生活。只是把长衫变成了中山装，长发变成短发。皮鞋擦得很亮，要是皮鞋不那么亮，他就像一个干部。干部的皮鞋像王开明的皮鞋一样亮，是多年以后的事情。后来的这些干部不像瘸子老五，穿皮鞋很合脚，也没打过仗。把皮鞋擦亮是衣着整洁，是风度，不是资产阶级风气。

如是把旗袍变成列宁装，也是长发变短发，也像个女干部。

有一天，有人向政府举报，王开明整天听收音机，听敌台。如是有人命案，把一个女佣人整死了。政府一查，确有其事。王开明夜深人静听收音机。有个叫金玲子的死在王家柴屋里。

政府来人问话，要他们坦白从宽，抗拒从严。政府的人一走，这两口子就在那柴屋里吊死了。他们和金玲子死在同一间柴屋。世界这么宽，他们偏偏选在这里死。日本有一处自杀森林，想自杀的日本人从东京或别的地方乘一天车或花几天时间，到那里自杀。这真奇怪。你说有鬼没鬼？

王开明和如是被埋在山上，不久，他们的坟被野猪扒开了。野猪不吃人肉，不知它们扒坟干什么？这些野猪，或者它们上一代、上几代一定偷吃过王开明的红薯，住过他的岩洞。它们扒坟，大概是想看看死了的人是什么样子，是不是带着竹响篙吓唬野猪。

土地改革过后第五年，地里的黄豆苞谷长成堆，丰收了。三川半这样肥沃的土地，到了庄稼人手里，怎么会不丰收呢？这年冬天大冰雪。冰雪封路。那时候没有高速公路，也就不怎么影响交通，也就不叫冰灾。其实这样冷，这样的冰雪，也就是冰灾。三川半人穿上草鞋，草鞋上套上防滑的铁马，挑着黄豆、苞谷送公粮。丰收了，就去把天下粮仓装满。

路上，挑粮的汉子试试嗓子，看是不是被冻住了？还好，还能唱山歌。

太阳出来啰喂——

喜洋洋啰——乐——

挑起扁担嘟嘟扯匡扯——

上山冈啰乐——

这个冬天，三川半的冷，也像阳光一样，能到达很远的地方。三川半的冷，一直冷到城里。

赵常穿了很多衣服，还是觉得冷。要是在三川半，就可以烤木炭火。何露给他买了件大皮袍子，东北人穿的那种皮袍子。有些南下干部也穿那样的皮袍子。赵常对何露说，这皮袍子哪比得上烤木炭火？

爹亲娘亲，不如火亲。赵常要回三川半。赵常烤不上木炭火，就觉得这个冬天难受，天天像挨刀一样。何露说，你现在是参事，国家的人，吃国家的饭。想回三川半就回三川半？挨了几天刀，赵常不行了，住进湘雅医院。卫生厅长到医院里来，告诉院长，说赵常是对革命有过贡献的人，又是民主人士，要好好医护。

卫生厅长这些话，何露都听见了。卫生厅长作指示，要家属也在场。

厅长说她的男人对革命有贡献，她明白，他给革命借过钱，给过枪。说她的男人是民主人士，她不明白。什么是民主人士？她不能问，她以后也没搞明白。她回到病房，仔细看自己的男人，看这个民主人士。这个相依为命的男人，一定还有什么秘密没告诉她。要不，他怎么是一个民主人士呢？

赵常翻了个身，要何露给她一杯水。何露给他兑了点橘子汁。赵常说，我不要那个，我要喝水。何露把一杯果汁倒掉，再倒一杯水。

赵常喝了水，捉住何露的手说，你还是这样的细皮嫩肉。我老了，要是在三川半，我还能陪你，还能和你那个，和你生儿育女，到城里半年，我都没和你那个了。再过半年，我怕是会死，我要死了，你莫哭，只给我一滴眼泪就好。

何露抓紧了赵常的手，你不会死，要死我也死在你前面，我给你做好饭菜，等你来吃。你要先死了，我怎么办？

赵常说，我死了你就去嫁人，你年轻，漂亮，嫁个教书的，天天学文化。嫁个唱戏的，天天拉胡琴。嫁个当官的，天天搓麻将。嫁个开杂货铺的，天天吃零食。天下好男人多得很。

何露一边流泪一边笑，你呀，才吃了半年国家粮嘴贫话多，以后怎么得了？你放心，我这辈子只嫁你这个男人。

赵常觉得这会儿呼吸心跳脉搏都正常，话也多。

赵常说，我也是读过《红楼梦》的，那《好了歌》怎么唱的？

> 世人都晓神仙好，
>
> 只有娇妻忘不了。
>
> 君生日日说恩情，
>
> 君死又随人去了。

何露说，你也莫当我没读过书。你怎么不说梁山伯与祝英台，不说那鹊桥仙？

赵常说，你嘴甜，满嘴文章，说得让我心痛。那好，我们回三川半。

赵常吵着要回三川半，说死也要死在那里。一个民主人士的要求，政府会尽可能满足。赵常和何露先坐车后坐船。南方的河流再冷也不结冰。大年三十前，他们回到了三川半。

回到赵家大宅，那里正举办阶级斗争展览。板壁上挂满了四川大地主刘文彩的画片。

他以一个参事的目光去打量那些事物，他想起七红她老人家的话，要和穷人一起吃饭。富人和穷人一起吃饭，就不会有那样深的仇恨。种在别人心里的恨，迟早会成为自己的罪。

回到三川半，赵常闻到了豆腐和肉的香味，何露燃起一盆木炭火。

夜，夫妻俩脱光了衣服。只有在三川半，才会这样睡觉。

赵常对何露说，你看，我又行了。

过了那个很冷的冬天，赵常又长出了新牙，头发也茂盛了许多。

在三川半，赵常领政府的钱。他现在要做的事，是把那些容易忘记的事写下来，成为文史资料。记不起来的事，赵常问何露，你帮我想想，三川半过去还有什么事？土匪，鸦片，洋和尚，革命，外国人。还有什么？你记一记，想一想，还有什么？何露说，你在那条船上娶了我。还有呢？还有就是我家凤姐姐死了，她把一串钥匙交给了我。你看，问你一句话，你都说不好，你说的都是我们自己的事，这些事我也记得，是不能写到书里去的。我要你说说三川半的大事。何露想了想，三川半的大事呀，就是天晴，下雨，下雪，种植和收粮食。这些事就和季节一样，记在那里，写在那里，只要抄写一遍就行了。

赵常摇了摇头，你呀，真是吃露水长大的，你的记性只是露水一样长。早上起来，不到中午就没啦！

人的记忆力真的像露水一样，不长。我们做过的事，很快忘了，就再做一遍。为了长记性，就出了司马迁，出了班固，出了很多历史学家。

三川半就出了个赵常。

赵常编写文史资料，一天天下来，把故事变成文字，把文字变成一册一册的书，一册一册的总是记不完，写不尽。用一个人的时间，记下漫长的时间。赵常领过兵，他想，用一个人的几十年去打历史的几百年几千年，这真是不对称作战。

何露帮了很多忙。那些文章靠边的事她都得做，要纸要墨要灯要茶。因为这些工作，何露也挣到一份薪水。她算是赵常的助手。她常常会加进一些不重要的细节和无关紧要的人物。她把七红、刘艺凤、龙二、王开明这些人放进书里，她还添进龙二赶尸救彭锭，赵常一箭议和，一枪退兵，与英雄换坐骑。后来看到的文史资料，大事是赵常记的，小事是何露加进去的。

到后来的"文化大革命"，赵常的书，那些他读过的旧书，混在这些文史资料里没被销毁，它们全被当成文史资料保存下来，包括《青苗法》。

## 四十八　三川半人民的情况

不是人民，就是敌人。这是三川半人慢慢形成的共识。共识，总是慢慢形成的。经过很长时间，人们才认为地是圆的，天是空的，天上不能盖房子。

三川半人民政府、人民银行、人民医院，后来成立人民公社。

人民有福，敌人有罪。这也是三川半人花了些时间得到的共识。

那个时候，三川半有了电影。找一块宽绰的地方，拉上一块大白布，白布上的人一出来，是人民是敌人一看就明白。敌人有时候是人，有时候是鬼怪神仙。有时候是中国人，有时候是外国人。除了敌人，剩下的就是人民。

赵常和何露带了条凳子，坐在那里看电影。赵常突然想起何露问过他什么。她问过什么是民主人士。赵常指着电影里的一个人说，你看，那个戴眼镜的留胡子的戴礼帽的人就是民主人士。何露说，你又不戴礼帽不戴眼镜。赵常说，不管戴没戴眼镜，为人民、为政府做过好事的人都算民主人士。

别说话！旁边有人不高兴。他俩就不说话了，在别人不高兴的时候不能说话。后来不久，有了互联网，人们就随便说话。说话的人听话的人都看不见。不像人和人挤在一起看电影，鼻子挨着鼻子眼睛挨着眼睛，一不小心就碍了别人。

三川半从看露天电影的时代到互联网时代也只过了三四十年。

赵常的马活了很久，最后还是死了。这英雄的坐骑倒下的时候，还是很雄壮的样子。它听了赵常的一句话死的。那个时候，正是人民公社"大跃进"。赵常对马说，现在天下太平，不打仗了，你要能耕田就好了。马听了这句话，三天不吃不喝，最后就死了。赵常给马修了一座坟，在刘艺凤的坟旁边。赵常对何露说，我死了也埋在那里，它饿了我好给它添草料。何露说，日子还长哩。

日子很长。

三川半的太阳很暖和。赵常喜欢暖暖的太阳和太阳底下的青草、树和庄稼。天气和地气联结，变化出暖洋洋的气象。在这个气象里，人和植物都静静地不说话。说什么呢？有什么话说呢？语气都融在这个气象里。三川半人在火塘边，在饭桌边，都不怎么说话。饭吃得很响，火烧得很旺。不声不响地，添柴，添饭。菜咸了也不说话。自己家里做的饭菜，有什么好说的。又不是饭馆，要老板赔一道菜？火烫着了也不说话。自己的火自己的皮肉，说什么？

　　开会的时候才说话。那个时候，三川半开很多会，不分季节地开会。大会小会，白日会夜晚会，学文件会，念报纸会，生产会，批判会，斗争会，妇女会，干部会，群众会，学生会。各种各样动员会，学习班。台上的人大声讲话，台下的人小声讲话，大会里面开小会。台上的大声喊，莫开小会，台下的声音小了一些。过了一刻，台下的话声又大起来。这样一场大会开下来，台上的人讲些什么，下边的人没听见几句。也有台上台下可以一齐大声说话的时候，这不是说话，是喊口号，这是批判会和斗争会。那口号很有气势，很吓人。

　　这个场面，赵常编写的文史资料里面没有。这些当时都很重要的会，很快被三川半人民忘了。人民有时候又叫作大家，或者叫群众。大家都很忙，群众一分心，就把一些事给忘记了。事情一过去就忘了。有几个人记得赵常他们往年的那些事呢？连"土匪"这名词，"地主""富农""坏分子"这些名词，很多名词，不久就忘记了。

　　过去了就过去了。

　　三川半人民的情况大致上就是这样。

　　赵常喜欢山坡上的太阳，他会拿着一张报纸，有时会拿一本书，一本国家领导人写的书，不光是《毛泽东选集》《毛主席语录》。那个时候别的领导人也写书，刘少奇、陶铸都有书。

　　山坡上有一群牛，黄牛，黑牛，水牛。有一位放牛的老汉，他就是当年的杨扯白杨二哥，唱三棒鼓的。

　　赵常喜好那些牛。马死了，他喜欢牛。马是战争，牛是和平。战事多，马多，人爱马；农事好，牛多，人爱牛。

　　杨二哥到赵常家唱过三棒鼓，七红死的时候，他唱了几天几夜，他当然记得赵常。

　　杨二哥说，赵大都督，光你一个人学问，也让我学问学问，念给我听听。

　　赵常说，没什么都督了，现在都是人民，我就给你念。

　　赵常拿了报纸念，西哈努克亲王，八日到京……

　　杨二哥是唱三棒鼓的，断句和报纸不一样。

　　杨二哥说，西哈努克亲，王八日到京。这是什么话？报纸也骂人吗？

　　赵常到山坡上念报纸。杨二哥到山坡上放牛。日子久了，赵常只能在山坡上读书看报，还一定要大声朗读。这成为一个习惯。一个人的水平就是在习惯中提高的。后来有一种阅读法，叫作喊读，就是在那个时候发明的。这种读法可以增强记忆。

　　赵常念，杨二哥听，后来杨二哥编成了很多三棒鼓词和山歌，他成为有名的山歌手。广播电台做过他的专访。

　　也就在那个时候，种卫星苞谷和大炼钢铁。诗人彭努力开始种诗歌豆和诗歌玉米。红色的玉米种子,种植诗歌;紫色的大豆,种植诗歌。在那年秋天,他收获了红玉米和绿豆。那个时候,粮食定量,不能随便多些粮食,扣除他的基本口粮,他还是可以享用红豆玉米和紫豆。吃了一个冬天,他就写出了那首很经典的诗歌:

书记炉,真要得,

又出政治又出铁。

这首诗从地方升起来,一直流传到大的钢铁企业,传到京城,上了《人民文学》。

那个时候,沈从文不再写小说,他到故宫研究古代服饰。

那个时候,让赵常感到惭愧的是两件事,一是要打右派,三川半没找到一个右派。右派分子都是些有大学问的人,三川半找不到一个右派分子,是三川半没有什么大学问。这么大个地方,没有个右派分子。

报纸上批判的右派分子,都是些会讲大道理会写大文章的人。三川半没有。文史馆有一个右派,他讲共产主义好,是天下大善,只能当观音菩萨,要信,却不会就有,喊到就到,菩萨哪有这么灵?说"大跃进"好,我们的力量不够。大炼钢铁好,土高炉不出钢,把树砍了炼铁划不来,破坏生态。这个右派讲的,真是右派言论。

向家的孩子叫向世林。这孩子当时十来岁,到青草坡上晒太阳。对赵常说，赵爷，我要好好读书，读右派那么多书，长大了做学问，不当右派。向世林是三川半读书读得好的，他后来没当右派，先当了首长秘书，后来当了州长。

那个时候，不敢说读书做官，也不敢说读书当右派。

不敢说。

开大会批判。

三川半开批判大会，像一个仪式。

这已是赵常感觉惭愧的第二件事，他活那么大岁数，竟然没见过那几个挨批判的人，最多只见过他们的画像。他竟然不知道孔圣人的小名叫孔老二。

开批斗会，那些被批判的大人物总是不在场。那些人有的死了，只批判他们的灵魂。有的关在北京的秦城监狱，人来不了。这样的批斗会，总要找一些三川半本土的坏人陪批，这些人是地富反坏四类分子。开批判会人多要烤火取暖，那些四类分子来陪批，要他们带来一些柴火给大家取暖，他们用这样的义务劳动减轻他们曾经的罪过，洗掉他们历史的污点。

当过伪保长的吴品字写过许多交代给新政府。那个叫田尚志的怎么把委任状给他，土匪怎么勒索他，旧军队来了说他通匪，怎么打他。他又是怎样地帮解放军抬伤员。他要人民政府饶恕他，莫拿他当坏人，好让他的后代安心做个好的人民群众，有机会入共青团，有机会当兵，有机会当干部。

有一次上面来了位领导，到村里来视察。吴品字杀了只大肥母鸡，要请领导吃饭。那个时候他是保长，上面来的人都要到他家吃饭的。这回他请上面来的领导吃饭，人家不来，到村长家里吃饭去了。吴品字跑到村长家，对上面来的领导说，我不是坏人，真的不是。那位领导很和气地说，好好改造，改造好了就摘掉坏分子帽子。后来，他的坏分子的帽子被摘掉了。这是二十年以后。批过林彪，又批过"四人帮"。他的坏分子的帽子摘掉了。三川半的坏分子们的帽子都摘掉了。吴品字的儿子也可以读大学，他的儿子后来成了一位教授。

吴品字死的时候，不断地叽叽咕咕。他儿子说，爹在骂人，骂田尚志，那个给他委任状的。他儿子不知道田尚志是什么人。

吴品字最后对儿子说，你爹是人民。

儿子说，好的，我们都是人民。

## 四十九　州长

这年过大年，赵常家里来了位年轻人。陪年轻人来的人告诉赵常，州长来给他拜年。

州长就是向世林，人民代表选的州长。

赵常打量州长，浓眉大眼一张国字脸，大模大样，是干大事的样子。南人北相，男人女相，都属异相，异相异才，能成大器。这位州长正是南人北相。

赵常说，州长好年轻。向世林说，不年轻了，今年三十八岁。赵常当年任都督才二十八岁。赵常说，我那个都督是别人送的，你这个州长可是人民选的。我是旧的，你是新的，哪能一比？我们这个地方穷，你这州长不好当啊。向世林说，地方穷，我就当一位穷州长。其实呢，我们这地方不穷，是人穷。我们这地方，山上长药材，河里有鱼虾，地里长庄稼，怎么是个穷地方呢？山旺，有好景色；人旺，有好气象。赵常说，年轻人有眼光，能看到的，你都看到了。向世林说，哪有赵常看得多？我们这地方，除了那棵千年老樟树，就是赵常经过的岁月多，还要多向赵常讨教。赵常说，我是旧皇历，你是新皇历，节气一个样，节气不一样了。我是读旧书的人，送给你两本旧书。向世林接过两本书，一本是《青苗法》，一本是《齐民要术》。这是两本线装书，明朝的木刻版。这两本书的命大，混在文史资料里，躲过了"文化大革命"。

向世林当州长那个时候，干部不叫公务员，也不叫官。那个时候，干部是选的，考的，查的，做的。州长是个大干部，要从下往上做。做办事员，当县长，当副州长，当州长。要选，要考，要查，这些都要，就是不要钱。先考个人资历、能力、政治思想，再查社会关系。往上查三代，往旁查六亲。调查组到一条大河边叫湾塘的地方，那里是向世林的老家。乡亲们见有人来查，以为人在外边犯了什么事。查起来很简单，向家族人也很简单，他们历来只做两件事：种植和收割。村上的贫下中农协会主席叫向心亮，半瞎。村人有时叫他亮主席，有时叫他亮哥，有时叫他亮瞎子。

向心亮拦住调查组说，同志，我反映个情况。调查组的说，你讲，亮主席，我们来，就是要听各方面意见。向心亮说，那我就要讲了。调查组的说，你讲呀。向心亮说，向世林小时候往田里撒尿。调查组的说，好，好。向心亮又说，他还往河里撒尿。调查组的又说，好，好。田里有泥鳅，河里有鱼。它们吃他的尿，人吃鱼吃泥鳅，也吃了他的尿。这是什么性质？调查组的说，好，好。

后来向世林当了州长。向心亮对村人说，我要是眼睛不瞎，起码也当个县长，搞不好那州长也是我当。

向心亮最不满人们变着称呼叫他。你们这些人要我的时候叫我亮主席，不要我就叫我亮瞎子。你们是瞎了眼，中国哪个干部最大？毛主席最大，贫下中农协会主席也大。

后来，毛主席像印在人民币上，贫下中农协会没有了。向心亮激愤不已，你们这些人，拿毛主席当钱用，穷人不值钱。要是他老人家在世，我要告你们的状！你们不死也要脱层皮！

向心亮不当贫下中农协会主席了，人民公社也没有了，土地和山林分到各家各户。向心亮不能劳动，成为五保户。五保，也和后来的社保差不多。人们管他叫亮瞎子，听多了也就习惯了。亮瞎子没什么事做，天天找来硝石和硫黄做火药。火药不是亮瞎子的发明，但是他做的火药确实很好。他对村人说，多做些火药，将来解放台湾有大用途。他那些火药被几个小伙子偷去打猎了。亮瞎子气得跺脚，我日你娘。我要当特务，用新式武器搞死你们！

一个立场坚定的贫下中农，被一些事物弄得立场颠倒。

存在决定意识，这个哲学真的有道理。

向世林当州长那个时候，三川半铺了铁路，有了火车。三川半通了火车，法国人都知道。三川半的打溜子队到巴黎演出，有个曲目叫《火车开进三川半》。他想着有一天要修一条高速路，一座世纪乐园，一个飞机场。种很多树，修一口水井。让山更绿，水更清。把州长当成州长的样子。当然，先要让人民吃饱肚子，要不，怎么打溜子，唱山歌，跳摆手舞呢？

他来到一个叫苦寨的地方，进了一家茅屋。男人出来和他说话，女人在床上半坐着，一条打过许多补丁的被子盖住下半身。向世林问，你老婆病了？男人哈哈一笑，她没病，她没穿裤子。向世林说，我先出去，你让她穿裤子。那男人说，她没有裤子，我们两口子只有一条裤子。两口子穿一条裤子，你说亲热不亲热？向世林下意识地提了提裤子。人家两口子穿一条裤子，我一个人穿三条裤子。他把外面的裤子脱下来，递给那家男人，好了，现在你们都有一条裤子了。他又从口袋里掏出两百块钱递给那家男人，那是刚领的一个月的工资。那时候州长这么大的干部，一个月也就两百来块钱。那家男人接了钱说，你们当干部就是好，钱多人爽快。女人穿了裤子下了床。她说，干部也有好有坏，那个江青也是干部，吃大米饭住大瓦屋还要反对毛主席。一个女人要好好当男的婆娘，当了干部心就大就狼。三川半人说人心狠不说狼，说狼，狼比狠要多一点。

那家男人问向世林，同志贵姓？是什么干部？

向世林说，我姓向，以后有什么事找乡长，要他们告诉我。

那家男人说，屁大个事找乡长？挨骂啊？找村长也开不得那个口。

州长一走，县长来了，乡长也来了。这家男人有些惶恐。怎么搞的，一下子大干部都来了。乡长一脸笑。就是这个乡长，这家男人在两口子结婚时到乡政府找过他。这乡长不高兴，屁大个事找乡长啊！这家男人说，我们要结婚。这乡长说，你结婚关我卵事！等了一会儿，这家男人又说，乡长，那这个事归哪个管？这乡长实在无奈，你莫吵了，我的老子，我手气痞得很呢！乡长正在和几个乡干部玩一种叫九十六的纸牌。乡长对其中一个玩牌的说，小王，快给他盖个章，我们再玩，我输惨了。

这乡长跟着县长来了，这家男人不说话。村长一头汗一脚泥，上下温乎乎地起来了。村长说，县长和乡长都来了，你有什么困难就说。这家男人说，我也刚分到地，分到山林。我们两口子有四只手，今年穿新裤子，明年杀大肥猪，后年盖大瓦屋。这家女人说，要是能给我们家一头大母牛就好，母牛生母牛，母牛再生母牛，我们就发财了。

县长说，你这个发财的想法很好，现在就是要一部分人先富起来。要贫困人口脱贫。比照联合国贫困人口标准，三川半的贫困人口和非洲一个小国差不多。

这家男人只知道中国外国，还有个美国，这联合国是哪一国？乡长说，联合国就是全世界无产阶级联合起来的国家，目前的情况是秘书长当家。是吧，县长？

县长说，我们现在先不管联合国。我们要有饭吃，有水喝，有钱花，还要有路，村村通公路。这是省里的要求，州县的要求，也是县里的决心。

县长对这家男人说，我们几个到这里来，是向州长的指示，要你做个发财致富的榜样。

县长姓刘，叫刘路平。他的官声很好。官声就像庄稼，是从庄稼地里长出来的，从庄稼人那里长出来的。官声好就是不霸，不贪，做官就是做事。把事情一件件办完，一件件办好。

三川半水慈山厚，天悲地仁。人守古训，存善良心。草根人生，心通神灵。山人村夫，先学圣贤，后习文章。三川半多好官贤达，也如青山流水一般自然。就如先前那个龙二，跑江湖染恶习，把心思扶一扶，做起正事来也是一大堆。

刘路平有回去拜见赵常，赵常拉刘路平去拜观音菩萨。赵常说，你是新政府的县官，我们见观音也不烧香，也不磕头，只为见观音。这菩萨，灵就灵在她的名字。观，是看；音，为听。人间疾苦，她看见了。人说我好苦啊，她听见了。

看见了听见了就生菩萨心，有菩萨心就能当官。

刘路平说，赵爷修炼百年，也成了活神仙。赵常说，我从大清活到如今，也只是多经历些世事。平生所为，有时心动手不能，有时是伸手心不济。功德不够，哪能登仙？

两人出得观音庙，已是日落时分。天忽然放亮，天光无疆。

赵常说这是佛光。我平生第一次见到。佛光普照，世人有大福。

刘路平说，好景色。

州长向世林得到《青苗法》和《齐民要术》。这书，他念中学时就听老师讲过。闲时翻读，讲的是变革之法，农经农事。这《齐民要术》，古人一千多年前写成，读的人必不会少，能经习的人未必多。这农经农事，如今看来，也着实是一本三川半书，一本州长书。

秘书喊，州长，来了文件，您签个字。


## 五十　亮瞎子

赵自龙给人治过多少病？救过多少人？他不记得了，他经手的医案写成书，怕也比得上《黄帝内经》。

三川半人要给他做八十岁的生日，他不干。他说我老子还在，我还在做崽。老子在，儿子怎么做生日？

妻子玛丽·杜拉斯在"文化大革命"那年走了。一些人捉住她，给她剃了光头，她会讲三川半话，你们这样搞不行！还讲不讲法？讲不讲理？你们对人怎么可以这样？

她照了照镜子，发现自己那一头金发没有了。她可以捐头发，捐器官，捐生命，就是不能被剥夺。

她对赵自龙说，你走不走？你不走我要走。我们一起走，这儿太可怕了。

赵自龙说，我不走，把儿子留给我。

她走了，回到她的国家去了。她说，这里是我的家，我还会回来。有位病人子宫脱垂，我还没给她治好，我还要回来。

她走了就没再回来。

儿子叫艾迪。生下来缺钙，吃维生素 AD。吃到五岁，就给他取名艾迪。艾迪黄头发蓝眼睛，黄皮肤，漂亮的混血儿。这漂亮的混血儿到了入学年龄，进了学校，别的孩子叫他小杂毛。老师不让他入少年先锋队。他妈是基督徒，他是小基督徒。

当过伪保长的吴品字拿小艾迪做比，我怪那个送委任状的田尚志，艾迪怪他爹娶外国人。

艾迪和母亲离别时，已经十五岁。他说妈咪别走，我保护你。

妈咪走了，一些人就来找艾迪。围着他，叫他长大了当洋和尚。

那个时候，亮瞎子就是贫下中农协会主席。他抓了块牛屎扔那些人。你们敢欺侮赵医生的儿子，我就搞你们的阶级斗争！那些人一听就吓跑了。那个时候，连造反派也怕贫下中农协会。

玛丽·杜拉斯能出国，艾迪不能。要出国不叫出国，叫偷渡。三川半有个洞叫卯洞，一条大河穿过的洞。激流乱石，不能行船，只有艺高人胆大的放排人驾木排穿过那卯洞。有一天赵自龙问艾迪，你能抱住一根木头游过卯洞吗？艾迪不知道老爹为什么问这个问题。

赵自龙要艾迪每天到河里练水，到激流处冲浪。练了几个月，赵自龙领艾迪到卯洞，让他抱一根木头穿过这个黑洞。赵自龙对艾迪说，你能穿过卯洞，就能找到你妈咪。

艾迪成功了，但是没见到妈咪。

赵自龙给艾迪穿了件夹衣，衣服里缝上两根金条，这两根金条他一直藏在一个药罐子里，又给了艾迪一点人民币。他要艾迪先到广东，再到海边，游过去是香港。到了香港就去教堂，对神说你妈咪是什么人。他们或许能帮你找到妈咪。

艾迪运气好，偷渡到香港，没被淹死。他没找到妈咪。

很久以后，有人发现了艾迪这个名字，他在一家很了不得的科学杂志上发表了了得的文章。他被美国人找去帮忙做核弹。

帮儿子偷渡，是大罪，赵常恐怕也得受牵连，贫下中农协会主席亮瞎子也帮不了忙。赵常恐怕也得受牵连。情况反映上去，上面指示，这个事就不扩大了。一切不了了之。赵常想，可能是义弟陈大任帮他讲话。他不知道，义弟陈大任被关了。那个时候，贺龙也被关了。口渴了，拿碗接屋檐水喝，让看守把碗给打烂了。

这些事，亮瞎子没看见，他听见了，气得要死。他对人说，等我见到毛主席，我要告状！

亮瞎子没见过毛主席，他只见过州长、县长、乡长、村长，他还见过赵常。

毛主席去世多年，他以为毛主席还在世。那个时候，亮瞎子由五保户变成低保户。州长向世林回老家，特地去看他，问亮瞎子愿不愿意去福利院，那里管吃管住，有人照顾。亮瞎子说不去。在这个地方可以听杨二哥唱三棒鼓。杨二哥的嗓子还那么好，他还能抛刀，那刀在空中翻几个跟斗，像孙悟空演戏。

杨二哥一天到晚笑嘻嘻地像个孩子。赵常和妻子何露也爱听杨二哥唱三棒鼓。赵常对何露说，我就爱看杨二哥笑。他笑得像个孩子，他一笑我就开心，好像才活到二三十岁。

何露嫁给赵常，没生过孩子。何露对赵常说，我要给你生个儿子，就是没有。要是从前，我帮你到洪市码头再娶个小美人回来。赵常说，你还是个小姑娘，怎么就生儿子呢？在赵常眼里，她总是个小姑娘，赵常总叫她小姑娘。

小姑娘，我们去听杨二哥唱三棒鼓。何露说，人都老了，还小姑娘。

从解放那年起，何露留了辫子。后来她就一直那个样子。一些小女孩长大了，嫁人了，人老了。何露还那个样子。一朵花开了，不再凋谢。何露这朵女人花就是这样。她成为三川半的一个传说，从母亲传到女儿，从祖母传到孙女。那个何露吃了灵芝，吃了仙桃，长生不老。

杨二哥听到传说就笑，我也不老，我吃了三棒鼓。越久远的人越不老。你们看，盘古十九岁，女娲娘娘十八岁，汉武帝三十岁，唐皇李世民四十岁，大清皇帝两百岁。

人们就笑，杨二哥我这是个杨扯白。

杨二哥又说，我杨二也十八岁，和女娲娘娘差不多啊！

杨二哥拿出三棒鼓腔，各位莫见笑，听我说根由。我儿子读了十八年书，做了博士，当了科学家。我那栋大屋盖了十八年。我过了十八年好日子，天天过地主生活，有酒有肉。我种了十八年烤烟。省烟草局那个杨局长，是我杨二本家，也就是大宋杨家将后人，到我们这是大种烤烟。一年二五八万。人家把钱存银行，我把钱锁在箱子里，每天睡觉前，我打开箱子看一看，数一数。再放几个屁到箱子里。第二天早上再打开箱子，一箱子钱臭烘烘的。这样的钱，老鼠就不敢咬。我告诉你们这个办法，保证管用。

赵常跟何露来听三棒鼓，却听到杨二哥讲段子，也是一齐笑。

何露问赵常，杨二哥讲的那个杨局长，是不是到过我们家的那位白面书生？

赵常说，就是他。他那个时候是我们这里的副州长。他回省里的时候，要我领他到处转，说看看风水。他说，赵爷，你就是三川半的地理书，又研读过《齐民要术》，三川半哪里的土好？我说，皇天后土，土都是好土。他和我走了几个地方，每到一个地方，他都抓了一把土，他说他要把这些土带到省里去研究。他果然研究出了名堂，选在这个地方种烤烟。老百姓种烟就是种钱啊。

何露说，害得杨二哥每天往钱箱子里放屁。

三川半的土好。长苞谷、长稻子、长红薯、长烟叶、长辣椒，也长美人。杨局长告诉州长一个简单的秘密，三川半的泥土有一种叫硒的东西。还有那里的阳光和露水，让会走的和不会走的都长得好。

一切就是这样秘密地慢慢地生长。以前没见过书上没写

229

过的，就这样慢慢地生长。

三川半的四月天，阳光晒在哪儿都好，照到亮瞎子身上就不舒服。阳光把身上的黑衣服晒成灰白色。这阳光，能把黑夜变成白天，也能把黑衣服变成白衣服。把日子照成流水，把富人变成穷人，又让穷人变成富人。让落叶下来，又让绿叶上去。

这些变化，足以让亮瞎子心烦。他开始觉得身上的衣服不舒服，脱掉衣服，让阳光披在肌肤上。这阳光也不舒服。在他的记忆中，四月的阳光是最好的阳光。从四月一直到九月，阳光都可以当成衣服穿。亮瞎子快乐的时候，他有自己的歌：

天是屋，地是铺。

睡背板，盖肋骨，

胳膊当枕头。

风扫地，月点灯，

太阳当衣服。

穷快活，穷快活，

穷就是快乐。

瘸子老五回三川半，专门看亮瞎子，亮瞎子，穷人翻身了，当主人了，好好过日子。亮瞎子吃饱了，穿够了，当了贫下中农协会主席。日子过得很好了，衣服多了没处放，粮食多了没处装。钱呢？有钱能买不生病眼不瞎吗？好日子就是刚刚好，多了少了都不好。

阳光太多太暖和也让人不舒服。

亮瞎子有话，想对瘸子老五说。现在，人民公社变成了乡政府，贫下中农协会也没有了。乡长是谁？王乡长，旧政府王乡长的孙子。吴保长的儿子当了个博士。田财主原来是四类分子，他儿子当了县长。龙二收了个干儿子，叫什么名字？大家叫他开发商，他买下洪市码头搞开发。就是把新房子拆了盖旧房子。把那些大烟馆、妓院、镖局、银号再摆出来赚钱，这干儿子真比龙二还狠。三川半这么好的地方，年轻人不肯留在这里，都想跑出去，好像外边到处有钱捡。人在外边，好的坏的都学，三川半的爹娘管不住他们。城里没有他们的一亩地，没有他们的一棵树，没有他们的一丘田。他们就是要往城里跑，城里不种田不种地不产粮食。人到城里要吃饭，吃饭要钱，不吃饭要命。人在城里拼了命搞钱。听说三川半人在城里做事一天能赚三十块钱。十块钱吃饭，十块钱寄回家，十块钱留在口袋里救急。伤风感冒不吃药，一口药口袋里那十块钱就飞了。病不要命不吃药，病要命药治不好。我们老向家一家人进城，老子被火车撞死了，铁路上一翻文件，赔三百块钱，算人道主义救助。马路上轧死一只鸭子也是这个价。儿子见命不值钱，就去打劫，一动手遇到便衣警察，抓去坐牢。孤儿寡母回到三川半，没有一个会使耕牛种地的。

瘌子老五，你也在城里，做大官，你要管一管跑到城里的三川半人。你听得出三川半口音，看得见三川半人在城里走路的样子。你要他们回来，你要给他们回家的路费，不要让他们死在外边。三川半人不多，死一个少一个。不要让他们在城里打劫，让人以为三川半又出了土匪。莫让人笑话三川半人。说三川半人勤劳、勇敢、善良、智慧。勤劳，到城里捡垃圾。勇敢，去打劫。善良，不懂事。智慧，见人就撒谎。瘌子老五，你是大官，是老革命，你光荣，那些离开爹娘的孩子不光荣，你会觉得虱子在脸上爬，羞惭得很。

瘌子老五，你要回三川半看看，三川半确实大变样。有路，有水井，有大屋。还有，你听了不要不好意思，我们这里有好几个二奶村。不是我们三川半人养二奶，是我们的姑娘被人养成了二奶。一村一寨的二奶多了就叫二奶村二奶寨。那些姑娘在家时，逢场赶集听人讲痞话，庄稼地里听人唱痞歌就脸红心跳，在外边过了些日子，就大大方方把野男人领回来过年，叫老公，当着爹娘和野男人亲亲热热。姑娘们领回来的男人会给村里寨里修一条水泥路，几栋大屋，建一所学校。做爹娘的一开始骂女儿死丫头，等路修好了，房子盖好了，学校建成了，做爹娘的就叫宝贝女儿。要宝贝女儿好好跟男人过日子，做二奶也不丑。过去当皇帝的，二百奶二千奶都有。只要男人宠你爱你就行，男人不宠你不爱你怎么会给你修路盖房子？东风村的老妇女主任走进二奶村，姑娘们把箱子里的衣服拿出来给她穿，把手上的玉镯子摘下来给她戴。老妇女主任穿了戴了给大家看，给大家讲，你们看，我这衣服这镯子就是二奶们给的，我穿着戴着。人家领导人敢跟艾滋病人握手，我穿二奶的衣服怕什么？当二奶又不给人家生孩子，不搞乱计划生育，也不违反国家政策。你看，瘸子老五，这妇女主任大小也是个干部，她都讲了些什么？你听得懂，就像现在唱的那些歌，一顿乱唱，谁也听不懂，怪腔怪调的。这都不怪三川半的爹娘，只怪三川半的泥巴，怪三川半的水。人长得漂亮，那些有钱人就要这个漂亮。那些有钱人好像比政府还厉害。政府修路他修路，政府盖学校他盖学校，政府不养二奶他养二奶。那些有钱人呀，不偷税漏税，他什么都不怕。听人讲，他们不怕报纸电视，不怕纪律委员会，不怕公安，不怕坐牢。这些事，我都只是听说。我一个半瞎子，又老又瞎，走不远，看不见。瘸子老五，你腿不好眼睛好。你是个老革命，一切反动派都被你打倒了，你怕个卵！看不惯的东西你就日他的娘！我们俩，一个老革命，一个贫下中农。一个瘸子，一个半瞎子，我们两个合成一个，你把上半身给我，我把下半身给你，就是一个不瘸不瞎的人。过河也过得，爬山也爬得，我们怕个卵！瘸子老五，我还给你讲个事情，就是喝酒这件事情。你晓得的，三川半人爱喝酒，进城打工挣几块工钱也要喝。人家有钱人喝几千几万一瓶的好酒，好酒养身体。他们喝一两块钱一瓶的酒，好好的小伙子，喝了几次眼睛就瞎了，瞎了还能做什么？回来当贫下中农协会主席？听说城里有很多好东西，都是给有钱人准备的，他们不要的才是穷人的。他们占有城里的一切好东西，还不满足，还要把三川半的女孩子找去当二奶。我们的小伙子一半是光棍。他们喝了劣质酒，醉得在城里乱唱：

没车靠走。

没电话靠吼。

性生活靠手。

取暖靠抖。

要钱，守在银行大门口。

这班鬼崽子，被捉住就挨骂，唱什么唱！打工仔想当歌星影星，你们以为打工仔个个都是傻根啊！

亮瞎子见不到瘸子老五。州长向世林回来，又去看亮瞎子，亮瞎子把这些话说给州长向世林听。亮瞎子最后说，州长，现在政策讲，一些人要先富起来，是不是讲，要让一些人永远穷下去？索性就讲让一些人先穷起来？

州长向世林说，亮哥，现在的日子是不是比以前好过些？你吃饱了穿好了爱讲卵话！要是以前，你一个瞎子，早饿死了！

亮瞎子想想，州长讲的也是实在话，就不再说什么。他到青草坡上晒太阳，又对赵常说，赵爷，现在什么东西都好，就是我亮瞎子不好。什么东西都有，就是我亮瞎子没有。

赵常说，这么好的太阳，人人都有，你也有啊。你有的，你没看见，你没有的都看见了。别人有的，你不受用；你有的，又当没有。亮老弟，我老哥哥讲的你可爱听？

亮瞎子脚下热烘烘的，他踩着一堆刚屙的牛屎。

牛屎！亮瞎子说。


## 五十一　赵常

赵常确实上了岁数。除了那棵千年老樟树，也除了那些石头和流水，就只有赵常的高龄了。州长向世林、县长刘路平，说要给赵常过生日。赵常确实记不起自己是哪一天的生日，他问何露，我的生日哪一天？何露说，你从来没有告诉我呀。我嫁给你的时候，你都是那么大的人了。我也不是你的接生婆，我怎么会知道你哪一天生日呢？

　　赵常只记得娘说，他生在绿豆地里。天旱，赵常爱喝水，一把紫砂陶壶不离手。年轻时，赵常一天是酒一斗，米一斗，水一斗。到后来是一天酒一碗，米一升，水一斗。他从小就能喝水。娘爱说，崽，你是渴奶水了。水就像娘的奶水，要喝，喝不够就会渴死。赵常就像一块旱地，要不停地浇灌。三川半好像从来不缺水，天再旱，三川半的大河也不会断流。那年天大旱，三川半的大河细成一根线，慢慢地那根线就断了，剩下一个一个深潭。人下河洗澡，人和鱼挤在一起。等潭水也枯了，人就可以像捡卵石一样捉鱼了。还好，不到那个时候，天下雨河涨水了。离大河很远的地山上，林子里的水凼，野猪、蛇和鸟在那里抢水。那个时候，蛇不吃水里的青蛙，它只喝水。野猫不捉鸟，它只喝水。野猪不洗澡，它只喝水。这些飞的跑的爬的，没发生战争，它们喝饱了就行，它们谁也没有霸占那个水凼的意思。这些动物，还不知道什么叫抢占资源。也就是那个时候，一位大姑娘从石头缝里接了半桶水。一个小伙子也去找水，他抢姑娘这半桶水。小伙子是三代单传的独生子，这一下算是灭绝人种了。这就是三川半一场两个人的水战争。后来有个大记者叫吴兆林的写了篇内参，瘸子老五看到了这篇文章，他对上面报告，水，搞不好要死人的。

　　这天，赵常觉得特别渴。何露给他添过几次茶水，他喝

了又要。喝着茶，人就睡着了。何露说，你晕茶了吧？扶他
上床睡了，他忽然觉得往很深的地方落下去，掉在一块干硬
的泥巴上。一位妇人在那里摘绿豆。那妇人说，崽，我把你
生下来了。赵常突然想起什么来，他想问，娘，你生我今天
是几时？我好记住我的生日。他说不出话，只觉得很渴，嘴
张了张。娘对他说，我知道你渴了，想吃奶。娘把奶头塞进
他的嘴里，他吮了一会儿，又把奶头吐出来，哭。娘说，别
哭，我给你找水去，找王母娘娘的奶水。娘往青山那边往白
云那边走了，来了个男人，踩着洪水而来。他抱起赵常，把
他放在一片很大的树叶上。那个人对他说，你躺在树叶上别
动，洪水很快就过去了。赵常问，你是谁？那个人说，我是
禹。赵常又问，你就是那个治水的大禹吗？大禹领洪水东去，
又有尧驾云舜乘风而至，一路种天下五谷。赵常问，二位路
上好走？舜答，有德便行。尧说，遇而知礼。我等过礼水走
德山而来。赵常又问，那山水可远？舜答，近在咫尺，远在
天边。又见二女联袂而来，原是娥皇女英，七红、刘艺凤、
何露、大姨妈、如是、金玲子一齐迎上，还有诗人彭努力、
龙二，他俩还是谁也不理谁。娥皇女英摘斑竹枝点云梦水，
点点滴滴，稻麦滚浪，化作酒香，有彭锭、刘金刀、瘸子老
五、亮瞎子、曾可以、陈大任，又有陈渠珍、沈从文、黄永
玉、向世林、刘路平，一众乡民，个个醉成酒仙。吕阳光说

笑，杨二哥唱三棒鼓，鼓乐齐鸣。

春雷轰响，赵常惊醒。口渴，何露递上一杯水。适才梦中人物，一一在目，说与何露。何露一笑说，一梦几千年，走古今，遇尧舜。暖雨随心翻做浪，春风着急化为桥。通天通地通古今，通三川半。是个有福的梦，三川半人有福。

两把雨伞，两个人，州长向世林、县长刘路平。两人把雨伞斜置在门外靠壁。两人进来，刘路平说，赵常，我们就把今天当您的生日。州长向世林说，今天三川半通高速公路，办通车典礼，请您参加，就当给您过生日。赵常想适才一梦，见娘问生，莫非今天正是生日？州长向世林又说，去冬三川半修完一万口水井，再不会有为争半桶水打死一个人的事了。今春三川半又造了一万亩林种一万亩树。县长刘路平说，现在搞退耕还林。政府给老百姓补钱补粮。让当年大炼钢铁砍掉的树，让历年刀耕火种毁掉的林子长起来。赵常，您看这个办法可比那个青苗法还好？赵常说，好，今天梦里梦外的事都让人高兴。赵常叫何露，小姑娘，就不给州长、县长沏茶了，拿两把雨伞来，去参加通车典礼，过个热闹生日。

参加完高速公路通车典礼。赵常和何露站在高处，看三川半高山深谷，这样一条又宽又直的路，鬼斧神工，真是神力莫为。

赵常问向世林，这高速跑汽车到底有多快？向世林说，三川半这边米下锅，省城来的客人到刚好饭熟。赵常对何露说，我们也置辆好车，跑一回试试。

赵常想起他的马，那匹好马，死了。多好的马会死，多好的人也会死，多好的世界要长长久久的。


## 五十二　村长的牛不见了

村长问杨二哥，你看见我的牛了吗？

那个时候，杨二哥的那头母牛正发情，村长的那头黄牯牛老往杨二哥的牛群里跑，骚牯子去泡发情的母牛，天经地义，正常的牛性，正常的性关系。杨二哥就是不肯成"牛"之美，不善解"牛"意。就是不让村长的牯牛和他的母牛交配。一交配就要生小牛。杨二哥的牛已经够多了，再多头小牛不好照顾。杨二哥扯了把青草，里面包上辣椒给村长的牯牛吃，又在发情的母牛屁股上洒上辣椒水。这样的坏事只有杨二哥想得出来做得出来。村长的黄牯牛吃了亏，就再也不来了。他哪里知道村长的牛就不见了呢？那牛莫不是得了相思病？人得了相思病会跳楼，牛得了相思病也会跳崖坎的。村长的牛要真有个三长两短，杨二哥会伤心一辈子的。

杨二哥对村长说，我没看见。

在三川半，人们可以不知道赵常，不知道州长、县长、乡长、村长，没有人不知道杨二哥。他就是三川半的笑，三川半的快乐。杨二哥，不会让村长不快乐，他说没看见就是没看见。杨二哥想，要是村长的牛再来，他一定不再为难它，哪怕母牛会怀孕呢。

村长的牛不见了。

村长又问亮瞎子。亮瞎子说，牛不见了问瞎子呀？

亮瞎子不喜欢村长。村长差一点就是二奶村的村长了。这个村出去的女孩不多，出去的女孩也相互约定，在外边苦死累死穷死饿死也不当二奶。要不然，村长也不会为一头牛着急。这个村，算是经济欠发达的村。


村长

村长在这里叫我们村长。毛伢总跟在他身边，叫他我们村长。村长，你就是村里最大的官，没有秘书的大干部。你有我毛伢，你领导我，领导村民，领导村里的粮食和果树，领导村里的水井和泥巴路，领导牛和猪羊。我们都跟你走，你是这个村长不是那个村长。那个村长见母的都要，你不是。

村长说，毛伢你嘴巴甜，我把我女儿嫁给你。毛伢说，毛伢还穷，等我有了钱，娶你女儿做二奶。

村长拍了毛伢一个嘴巴。毛伢说，村长打得好，再打我一巴掌，毛伢就会有钱有老婆。

牛

村长的牛在杨二哥那里吃了亏，很是郁闷。杨二哥，你给所有人快乐，就是不让我快活！黄牯牛跑一阵走一阵，走一阵又跑一阵，路边的嫩草它也没心思咬上一口。它一路乱跑，怎么就蹿上了高速公路。路上有许多汽车，没长尾巴，红的，蓝的，白的，黑的。它们全像发了情一样奔跑。它开始跟着那些汽车狂奔，后来实在累了就慢慢走。它虽然不懂交通规则，它还是靠着路边走，人家跑那么快，不要拦着别人的路。那么多汽车往前面跑，前面一定有什么好东西。它不紧不慢地跟着，前面的远了，后面的又来了，没完没了。它们都是哪个妈养的，哪头母牛生的？那些车有坐人的，也有不坐人的。还有大汽车拖着小汽车的，像一头母牛领着许多小牛。黄牯牛很无奈地跟着汽车紧走慢走。它又看到车上装着鸡鸭，装着牛羊。黄牯牛叹了口气，这年头，鸡鸭不飞，猪羊不走，都坐汽车了。它们是去旅游还是去走亲戚？它又看见一些牛在汽车上。一色的好牛。那些牛也看见了它，一头花母牛还对它哞了一声。黄牯牛就跟着那辆汽车跑起来。追了一阵儿，前面的汽车越来越多，那些牛坐的汽车开不快，黄牯牛才省了些力气。车上的花母牛又对它抛媚眼。

黄牯牛跟了一阵儿，天黑了，汽车的眼睛亮起来，长长的光。

它就这样进了一座城。它盯住花母牛的车，快快地走。到红绿灯处，那辆汽车停下来，它也停下来。路边的人看到黄牯牛在红灯亮起来的时候停下，夸它是头好牛，懂交通规则，是一头文明的牛。看一个人是不是文明，要看它怎样对待红绿灯和斑马线，这些旁观者就是这样评论一头牛。

花母牛的车经过湘雅医院，那个时候，张亚林博士在值夜班，正在给一位病人做心理治疗。他没能够见到三川半来的黄牯牛。黄牯牛也不知道城里的医院会有一位三川半来的大医生。从行为医学的角度来讲，黄牯牛的行为跟社会文明行为无关，只是一次盲目的冒险，一种强迫症。它的理解能力够不上一座城市。

匆匆地经过湘雅医院，又经过几处红绿灯，到了一个灯火不太亮的地方，花母牛和别的牛被人从车上赶下来，那些牛被洗澡，然后，是血的腥味，剥皮，把肉割成一块儿一块儿的。黄牯牛一阵头晕，然后一下子蹿起来，飞快地跑了。后边有人大喊，牛跑了牛跑了。

天亮了，到处是人。这些人和这座城市，好像一点也不知道就在昨夜，在昏暗的灯光下，几十头牛被杀，被剥皮，被割成一块儿一块儿的。这不是个好地方，到天黑就会有危险。它要回三川半，回到村长那里。三川半多好，村长是个多好的人。

几个三川半进城打工的人认出了它，是村长的牛。他们把黄牯牛送回三川半，交给村长。村长想揍它一顿，举起棍子没落下来。村长给黄牯牛许多青草。

杨二哥领了母牛来看它。不过那母牛已经不发情了。

这些都没关系，都不重要，重要的是又回来了。


## 五十三　把蛋蛋劁掉会怎么样

三川半有兽医，兽医同时也是劁匠。有病治病，没病就劁蛋蛋。

蛋蛋也是个病，劁掉就好了。太监都没蛋蛋，一个个都活得好好的。太监要是有蛋蛋，被皇帝知道了，就会杀头，会死。这蛋蛋确是大病，大灾。没病没灾就好。

村长的黄牯牛不会被杀，它肯定要被劁掉蛋蛋。

劁匠算个职业还是算个职务，都是要办事要干活的。

村长请来劁匠，叫人把黄牯牛绑起来。劁匠端了一盆清水，往牛卵包上一喷，拿了劁蛋刀飞快地把蛋蛋取了丢进那盆清水里。又拿水给黄牯牛洗了刀伤，最后炒了那两个蛋蛋喝酒去了。

黄牡牛痛了几天，好了。蛋蛋让劁匠拿去喝酒了，就不再想母牛那些事了，这一辈子就做好牛，耕田犁地。

没蛋蛋就变得平心静气。

英雄气短，儿女情长。没蛋蛋就没了气，做不得英雄了，也不儿女情长了。

英雄气短，不过一寸；儿女情长，不过一尺。

赵常已经气定神闲。时间也像个劁匠，偷偷摸摸就把蛋蛋给拿走了，让你不再翻江倒海，让你气定神闲，让你回首往事，让你做些稀奇古怪的梦。

三川半邻里有哀牢山。曾经有过哀牢国。哀，就是很大，很雄伟；牢，就是虎。说成汉话，就是大大的虎国。意思顺一点，用汉话说叫作英雄国。这里的虎人其实很平和，帮中央王看好一块疆土，要纳贡的。

哀牢国是一个故事。那清的流水，善的流水，涓涓细流，流入大江大河。

赵常曾经站在三川半的高处，眺望远处的哀牢山。心如涓流，叮叮咚咚的故事。英雄豪气，淡如炊烟。

山坡上开满野花。一个一个的土包。大的是山，小的是坟。

何露的鞋被露水打湿了。赵常说，要是骑马就不怕露水了。

何露说，我们再买一匹马，一匹汗血宝马。赵常说，我只是说说，不想骑马也不想养马了。如今是汽车、火车、飞机，人骑马还赶得上吗？

何露摘了朵野花让赵常闻一闻，赵常闻了闻，很香，鼻子还好。

人的器官都要好，要齐全，这是做人的起码条件。爱护一个人，是先要爱护他的器官，这个道理，村长的黄牯牛不知道。它同样不会知道它已经不是一头黄牯牛，只是一头黄牛了。

赵常的器官还好，还能保证他对事物对时间的知觉。

他能在高处眺望，那一寸长的英雄气不见短也不见长。能闻得到花香，能看得到颜色，蛋蛋也还好。

就在赵常眺望处的山下，那个村子，那位叫李自真的村民，他见到劁匠就躲开。虽然那些劁匠是找那些牯牛不是来找他。他早已没有蛋蛋。李自真本来很快乐，他说他要像杨二哥一样，快乐一辈子。人，不会唱三棒鼓，也可以快乐。政府又给他修了储水池，修了烤烟房，他种了七八亩烤烟，每年有七八万块钱收入。水泥路修到他家门口。他盖了不算大的一栋屋，砖木结构的，很结实，坐西朝东，向阳。这一切都好，就是没有蛋蛋不好。那个时候他还有蛋蛋，他对村里的水秀说，等着我，我盖了大屋就娶你，要你爹娘把你嫁给我。水秀说，好，我嫁给你，我喜欢你，不知道什么叫愁。

有位会麻衣相术的给水秀看相，问水秀的奶子上有没有一颗大黑痣。水秀脸一红，不肯说。她大吃一惊，这麻衣相术就这么厉害，穿着衣服就能看见里面的一颗痣，还不什么都被看相的给看了？看相的说，姑娘眉清目秀，脸是脸，腰是腰，童子声，贵人气。本来天生富贵命，奶子上那颗痣没长好。那颗痣又偏偏长在奶头上，一奶二头，婚嫁多变。水秀找到李自真，到僻静处脱了衣服给他看，我奶子上有颗痣，你别娶我。李自真说，你奶子上有颗痣就是有个疤我也要娶你。说了就去捉水秀的奶子。两个人正是青春期，人又在僻静处，把不该做的事做了。

第二天，水秀不见了。等到一年过去，到三川半杀猪宰羊过大年的时候，水秀一身打扮回来了，染了红头发，穿金戴玉地回来了，还带了个男人回来。

村里人说，水秀做了二奶。

李自真见水秀走到哪里那个男人都跟着。他不远不近地看着水秀，像吃多了辣椒，心里发烧。村里的茅厕很臭，水秀已经不习惯村里的茅厕，她要到野地里尿尿。她对那个人说，我去尿尿你跟着我干什么？她就一个人去野地里尿尿，那个僻静处，正是她和李自真做好事的地方。等她尿完尿，还没穿好裤子，李自真从后边抱住她，把她裤子脱了。李自真骑上她，狠狠地弄她。

这大白天，男欢女爱，真如筛子关门——眼多，再僻静的地方也有人看见。

到了晚上。一些生面孔和熟面孔来捉李自真，把他用棕索子绑起来，吊在梁上。突然一熄灯，他觉得下身剧痛，昏过去了。等灯又亮了，他醒过来，才发现蛋蛋没有了。

人没死，蛋蛋没有了。

他要告状，他要找人赔他的蛋蛋。男人怎么可以没有蛋蛋。

村长来了，乡长也来了。要他不要闹，不要告状。一闹影响不好，影响投资环境。乡长说，三川半人能吃亏，什么苦没有吃过？人没死就好，没蛋蛋不算什么，留得青山在，不愁没柴烧。人家答应赔钱，那些钱你一辈子都挣不到，一辈子都花不完。

李自真说，我蛋蛋都没有了，还留什么青山烧什么柴？牛可以没蛋蛋，人怎么可以没蛋蛋？乡长，你莫讲卵话，把你的蛋蛋劁了试试？

乡长火气上来了。好好好，屁大个事，我不管了，我这个乡长是专门管你蛋蛋的啊！

村长出来打圆场，说算了算了。

李自真说，我就是要我的蛋蛋，不能就这么算了。

李自真想来想去，要找人，要找帮他讲话的人。他先去找亮瞎子。亮瞎子说，现在人民公社没有了，贫下中农协会没有了，亮主席也没有了，你找我有什么用？你该找谁找谁吧。

他去找赵常。

赵常听了，觉得这个事又严重又复杂。这个蛋蛋的事不只是蛋蛋的事。只是他早就不办公案，虽然是国家的人，却办不了百姓的事。李自真的劁蛋蛋，又叫去势，若用旧刑，叫作腐刑，是很严重的刑罚。村长，乡长，还是钱很多的人，都不能用这样的刑罚。

赵常问李自真，是谁下的手呢？这个人是凶手，要法办的。

李自真说当时灯一关，人也昏过去了，不知是谁下的手。我也看过电视，读过报纸，我是个人民，还是个公民，也算是国家的人。我现在蛋蛋被人摘掉了，不完整了，不算一个好好的人民，好好的公民，一个不完整的国家人。把人搞坏了，也就是把国家搞坏了。赵爷，你德高望重，是有能力的国家人，你要为我做主。

赵常打量着李自真，这位年轻人这样认真，这样固执，这样严肃地看待自己的蛋蛋。如果他不能帮他，还算什么德高望重，哪来的德？哪来的望？那棵老樟树是靠绿叶活这么长久？人的血，人的性情。心还在跳，血还在流，性还有善，人还知情，人才算个活人。

赵常问李自真，你是要我帮你把蛋蛋找回来？

李自真说，找不回来了。我的蛋蛋早被别人当下酒菜了。我蛋小，只当小猪蛋。只要人赔个不是。

赵常说，我先给你赔个不是。

李自真说，赵爷一生高风亮节，哪来不是？

赵常说，我当年一人一马一枪，谁敢拿走三川半的蛋蛋？

赵爷……爹娘生我，守蛋有责。如今痛失蛋蛋，真是愧对爹娘。

赵常说，人多势众来取你蛋蛋，也不能怪你没守好。那夜瞎灯熄火，也不知道是谁下的手。在场的人，谁都可能下手，在场的人都该给你赔个不是。你回村里，告诉村长，叫他把村里的人召集拢来，说我就来。

李自真回到村里，传话给村长。赵常随后就到了。

赵常对村长说，村长，你问问这些男人，他们的蛋蛋都在？

大家不作声。

赵常又对大家说，这位李老弟的蛋蛋不在了，被你们当中的一个人摘掉了。这李老弟也不要赔钱，也不要赔蛋蛋，也不要查哪个下的手，也不要哪个去坐牢。你们有些人当时都在，现在当着李老弟的面，给他赔个不是。

大家不作声。

赵常说，那好，我赵常面子不够，我可以要县长来，要州长来。县长、州长的面子够不够。

村长一听急了。他说，大家一齐说声对不起，就像以前开大会喊口号那样。

大家嗡嗡了一声。

赵常说，我没听清。

村长说，大家跟我喊，李自真，对不起！

大家喊，李自真，对不起！

赵常说，我不满意。你们这些人，怎么总要个大人物出场，要抬出个大官来吓唬一下才肯认错呢？你们不会就自己讲个道理？

村长忙说，赵爷，我们哪像你见多识广，我们觉悟低，我们要向赵常学习。

赵常摇了摇头，走了。再多说有什么用？这些人。这些人，说不定什么时候他们的蛋蛋就被人搞掉了。

被大烟害，被土匪害，被日本飞机的炸弹害，种棉不暖身，种粮不饱肚。吃饱了穿暖了又会有蛋蛋的麻烦。

人要过上好日子真不容易。


# 五十四　谷


立春过了，谷雨过了，芒种也过了。五月收麦，八月收谷，九月十月挖红薯。

八月，晒谷坪是谷，石板上是谷，水泥路两边是谷，中间留一条缝开车。开车的人小心地开过，怕伤着马路两边的谷粒。那些金黄的谷粒摊在水泥路边，是粮食，是饭，不能碰着伤着。

三川半人有两样大禁忌，一是米粮掉在地上要捡起来，不能踩；二是有字的纸在地上要捡起来，不能踩。踩米粮遭雷击，踩了字会瞎眼睛。

耕和读是两件大事。米粮和文字，是耕的，是读的。耕和读，是人的本分。勤耕苦读能做圣贤，通尧舜。

州长向世林从州里下来，一路西行，一路金灿灿的谷场。一路上他要司机小心，别伤了那些谷粒。司机说，晓得呢州长，我爹也是种谷的。司机小龙从部队回来就一直跟州长开车。按照部队的习惯，他开始叫向世林首长。日子久了，这位州长大人就不那么神秘了。这位州长要做的事比董存瑞比黄继光差远了。他管修路、修水井、修垃圾站，管种树、种粮食、种烤烟、种药材，也管开会、读文件、读书。州长管读书像管种粮食一样认真。他开会说，不种粮食人会饿死，不读书人会蠢死。他把文化局局长、教育局局长叫来商量，要评三川半"十大书香人家"。这次下去，是去看赵常老爷子，州长说三川半赵老爷子看书最多，他自己读书，也让别人读好书。赵常老爷子被评为"十大书香人家"，名列榜首。除了赵常，"十大书香人家"还有吴家大妈、状元李光庆、小学教师田万国、乡村眼镜王东升、打工妹李小芳、冉木匠、退休教授胡世汉、老中医张长，诗人彭努力是末一位。这些书香人家评出来，都有理由。有个读书奖，得了这个奖，可以在三川半任何一个图书馆、图书室读书、借书不要钱。赵常得奖，是他就是一本书，哪本书香也没有他香。状元李光庆，六十多岁考上大学。小学教师田万国两代人读书超过一万册。打工妹李小芳搞了个流动图书馆，她把自己喜欢读的书读完了就放在公园的凳子上，放在公共汽车的凳子上，得到这本书的人再去这么做，很多人就可以读到这本书。吴家大妈中年丧偶，一个人把三个儿女送上大学，当了博士，她收藏了儿女从小学到大学的全部作业练习本和各种考卷。大妈只念过小学，现在让她教中学语文也不难。

　　向世林叫司机小龙把车停在路边，下车抓起一把谷，在手里一搓，粒粒饱满。好谷好米。

司机小龙说，州长，我们撒泡尿，上车赶路。向世林看了看太阳说，太阳还没偏西，太阳不急你急什么？

向世林不戴表。有回小龙问他，州长，你怎么不戴块表？向世林说，戴表误事。有次乘飞机，表停了，时间也跟着搞错了，误了那班飞机。以后就不戴表了。再好的机器也没人靠得住，汽车跑不动了，人还可以走路。表停了，不转了，太阳不停，地球还转。

两人上了车，小龙对向世林说，州长，你说的话我说不来。你做的事我都会做。粮食啦，树啦，水井啦，跟你久了，我也能当州长了。

向世林打个哈哈说，我像你这个年纪时，还没你这个水平。

小龙说，州长，州长是多大的官呢？

向世林说，三川半过去只有赵老爷子他们是官。我不是官，以前叫干部，现在叫公务员，要算呢，在部队我算个师长吧。

小龙说，那太大了。

向世林又打了个哈哈。要说大呢也大，一州之长嘛。要说小呢也小，我爹娘都是老百姓种谷种红薯的。我吃三川半的五谷长大，是三川半的儿子。儿大要养娘，我们要把三川半养肥，养好。

小龙喜欢这位州长。他说，我到老了还给你开车。

向世林说，你老了我都什么样了呢？我能和赵老爷子比吗？等我不当州长了，我回老家种树。河边种桃树、梨树，山上种樟树、杉树，半山上种药材、苞谷。

小龙说，你怎么会不当州长呢？

向世林说，我不当州长了别人来当，我去当个老百姓。

小龙哦了一声，一个人怎么当州长了又怎么去当老百姓？小龙不明白，三川半人也不会明白。在三川半的人记忆里，一个人当了官再不当官了，是一个人的灾难，或者是改朝换代的大事。

小龙开了一段路，突然问一句，州长，你没犯什么错误吧？

向世林笑笑说，好好开车，怎么会问这个话？你把自己当纪检干部呀。

小龙忙说，州长，我不是那个意思。

向世林说，我暂时还没犯下什么错误。大炼钢铁那会儿，我还是个小学生。"大跃进"搞公共食堂过苦日子，我和三川半人一起挨饿。"文化大革命"的时候，我还不够造反派的年龄。改革开放，我从办事员当到科长、当到县长、当到州长。我这个州长是饿过饭的人，我想的做的都是些吃饭的事、种谷的事、三川半人过好日子的事。

小龙说，那好，我放心了，你这个州长当得稳稳当当的。

车窗外是青山，田园，房舍。一片一片地推过去，又拉过来。

向世林又说，我也有错。我小的时候，三川半的河水很清，有很多鱼。一群一群的鱼从深处游到浅处又游回深处。要吃鱼，就像到菜园里摘菜。现在呢，你看这河变成什么样子了？要是有一天这条河枯干了，不能再出鱼虾了，这不是天大的错误吗？赵常老爷子送给我一本书，叫作《齐民要术》，很久很久以前的一个人写的，讲的就是种粮、种树、养鱼这些事。这是一个爱山、爱水、知天、知地的人写的书。自古以来，山上有树，河里有鱼，地里长庄稼，村里有人家，日子才会过下去呢。

小龙说，州长，你给我上课啊。

向世林说，和你说说话，帮你提提神，开车莫打瞌睡。

一块一块的稻田，农民在收谷。女人割稻，男人打谷，孩童拾穗。几只白鹭在收割后的稻田里找田螺和泥鳅。鸟雀在寻找失散的谷粒。土地让谷吃饱，谷让人和雀吃饱。秋天，都那么肥。

小龙问，州长，你会种谷吗？

向世林说，我十四五岁就会犁田打耙。牛总是不听话，拖着我飞跑。一天下来，人就累得像一根棍子，蚂蟥叮在腿肚子上吸血也不知道。小龙，你知道种谷有多不容易吗？

小龙说，汗滴禾下土，粒粒皆辛苦呗。

向世林说，种谷比背两句诗要难得多。一开始没有水稻。有人在一万多年以前发现了稻种，开始种植水稻。一万多年以后，大科学家袁隆平又培植出高产优质水稻。一万多年的种谷，你看有多难？水稻是我们最早的粮食，一粒种子接一粒种子，种到今天。

下起雨来。收谷啊收谷啊，到处有人喊。男人女人老人孩子一齐奔跑。拿了箩筐，把晒在路边的、石板上、晒谷坪的谷收拾起来，挑进屋里。谷被雨一淋，被水一泡，就出不了好米。

向世林叫小龙停车，就近帮农民抢谷。赶快搬，赶快运。还来不及搬走的，先用晒箩用塑料布盖上。向世林叫司机小龙从尾箱取出雨衣，把一堆谷盖上。雨衣这东西，一般来说只有乡长以下的人才会有。州长一级，已经多年没有雨衣的待遇了。

向世林和司机小龙忙了半天，人们才发现来了两个帮手。一位姑娘问小龙，你们是哪家亲戚？小龙说，还未和你相亲还不能算亲戚。姑娘红脸了。姑娘又看了看向世林，认出他是电视里讲不好普通话的那个人，讲种树和修水井的，是个大干部。

忙完了，向世林和小龙开车走了。姑娘告诉大家，那个人我认出来了，姓周，叫周长。

离公路远一些的地方也在抢谷。白岩村年轻力壮的男人都进城了，帮城里人盖屋，村里只有老人、妇女和孩子。村长马大叔还留在村里，他领着这些不太得力的人抢谷。李小妹的男人也出去了，一个人在家，种田和收谷都是她一个人。下雨要抢谷她只有一双手，一边收谷一边骂天骂男人。村长过来帮忙。她对村长说，打湿了。村长说，嗯。我人也湿了，李小妹说。村长说，嗯。李小妹又说，我全身都湿了。村长又嗯了一声。李小妹家的谷抢完了。她说，村长，我里面外面都湿了。村长，把你的裤脱下来给我穿，帮忙帮到底呀！村长说，以后开会讨论，我要去帮忙抢谷。

村长跑了。

李小妹踢翻了一箩筐谷，骂自家男人，你死在外边呀！我好去偷人！

一只大公鸡领了一群母鸡来吃谷。李小妹拿起竹竿就打，有本事去吃别人的，莫惹我！

过几天，三川半开大会，给"十大书香人家"颁奖。赵常领何露一起到场，少是夫妻老是伴。

赵常穿了一身银灰色的中山装，何露穿了一身列宁装。

他们像两位电影人物。电视台来拍电视，让赵常换上唐装，何露穿旗袍，这样才有书香书韵。

文化局长说，赵常穿什么都得体，你们就拍吧！又不是拍戏，随便点好，随便点好。

电视台的说着就拿出唐装和旗袍，要赵常和何露换上，说这样效果更好。赵常说，我要去厕所。何露说，我去涂点口红。两个走了老半天，没再回来。电视台的几个不时地看表。

文化局长说，你们几个别看表了，人家赵爷不会来了，你们当人家赵爷是演员啊！你们电视台，就爱搞这样的卵事，你们有点文化行不行！这条新闻出不来，你们直接跟宣传部长讲！

文化局长也走了。电视台的几个一肚子气，骂文化局长是头猪。

文化局长也听见了，人家是故意让他听到的。大小是个局长，不跟电视台的小记者一般见识。文化局长也是经常骂电视台的没文化，是猪，讲话半截舌头在口里打滚，打字幕净是错别字，还做假广告帮人卖假药。

文化局长想转身说几句，又想算啦算啦！大家都是吃谷的，都不是猪。

吃谷，就会有共同语言。

种那么多谷，就是要让人吃的。人吃了大米饭，聪明又健康。

## 五十五　穷

人就是这样，住茅草屋喊穷，住大瓦屋也喊穷。没衣穿没饭吃喊穷，锦衣玉食也喊穷。人忙就忙一个"穷"字。穷就穷在总是不够，哪个傻瓜能说够了？钱少的说没钱，钱多的还说没钱。吃了穿了用了住了，还有些剩余，人们就把这些剩余放在钱上面。放在钱上面还是不放心，人们就想着把那些剩余放在嘴边，挂在自己的脖子上。挂在牛脖子上的叫铃，挂在人脖子上的叫财富。人的脖子比牛的脖子承重能力大得多。一个细长脖子的女人，能戴上一连串蓝宝石还缀上多少克拉钻石，就是说，她的脖子能挂上一座楼房，她的脖子相当于起重机的大吊臂。这细长的脖子为什么要这样地吃苦耐劳，完全是因为害怕，怕穷。一个女人对你说，太可怕了，你一定会相信，会感动，会心惊胆战。想一想我们的女人一直是多么穷，多么需要我们努力。

三川半的人大主任老吴爱讲笑话，也爱讲真话。三川半要变化，什么都不缺，就是缺钱。以前种鸦片，让一些人赚了钱。搞土匪，又让一些人赚了钱。闹起义，一些人也发了财。现在种烤烟，一些人也发财。要大家有钱，搞旅游，把三川半好看的东西、好玩的东西摆出来，让那些来三川半走玩的人留下买路钱，三川半人卖水都要发财。

乡干部麻老二听了不服气说，吴主任，莫讲卵话，我们的女人出去都没发财，卖水能发财？

吴主任说，你才讲卵话，那些出去当二奶的回来，哪个没发财？

麻老二说，我们的女人本来就不够，还出去给别人当二奶。人家一个男人几个婆娘，我们几个男人没得一个婆娘。我们赚了什么？我们赚了个吃亏哟！

吴主任又说，她们是二奶也不是跟人家一辈子，赚了钱回来嫁我们的男人，生孩子。她们去的时候是一块荒土，回来是一丘肥田，一块熟地，三通一平都搞好了。你这个认识水平，也指望提拔，当一辈子乡干部。

吴主任先笑，麻老二也笑，大家跟着笑。

笑过之后，吴主任对麻老二说，你们这个乡山高林密，水也来得高，像天上一条河。这山这水，是好看的。你们这里人能歌善舞会打鼓，是好玩的。河里有鱼虾，山上有竹笋、蕨菜、野生菌，是好吃的。要把旅游搞起来。这里路也通了，只是要把卫生环境搞好。牲畜不要乱拉尿，人不要乱扔垃圾。

麻老二领着吴主任到处转。一边走一边指着那些房子说，那些好房子新房子都是养女的人家，那些旧房子烂房子都是养崽的人家。以前是重男轻女，现在是重女轻男。

吴主任问，老二，你说，是崽的本事高还是女的本事大？

麻老二说，这也不好说。像你吴主任这么大的官养崽养女都一样。一个小老百姓养女就是养银行，一家人花钱就靠她。养女成本低效益大，养崽养一身力气能赚几个钱？那个叫张军的抢银行抢金铺还是要杀脑壳。

吴主任有些不高兴。老二，你大小也是个乡干部，思想觉悟高一点好不好？

麻老二说，吴主任，你莫骂老二，老二水平低，只能当乡干部。乡干部是天下最难当的官。上面领导说你没把事情办好，老百姓说你吃粮不当差。一年到头辛辛苦苦讨挨骂。像以前那些当保长的，土匪来了要吃喝，官兵来了又说你通匪，两边挨打。就是那些文人写书编电视剧，也拿乡干部当反面人物。

吴主任说，老二，你就出息一点点儿。我给省烟草局的杨局长讲了，支援你们一点钱，你们成立个旅游公司，你当总经理。这个市场大，能卖的东西多。你们搞得好，老百姓开心，我们也有面子。

麻老二看了看四周，这个地方确实长得标致，长得俊俏，他以前怎么就没看见。

麻老二说，要是赚了大钱，就给每家每户分钱，给男人分婆娘，一个男人分三个婆娘，一个生孩子，一个做饭，一个扫地。吴主任，你那个时候来，保证家家户户干干净净的。牲畜不乱拉尿，人不乱扔垃圾。

这个时候，雾岚绕山。有布谷鸟叫，溪水在跳跃。

这两个说着笑着的人在溪边的一块石头上坐着。他们再说些什么，远处听不见。

天天想着钱又变着钱的人，最不缺钱的人是聪明街的人。多少年了，聪明街的人还是那样的人。他们不缺钱，他们天天有钱。那些金银铜铁做的钱他们一般不用，要用就太少了。那些太值钱的东西也不能当钱用，用多了就没有了。他们的钱大概是三大类二竹木的枝叶、草，一种叫作栗的坚果，这是植物类。竹木和草都要新鲜的，不要枯枝落叶。草要很贱的草，能做中药材，很名贵的不要当钱。比方说人参，不能当钱。人参贵，要拿能当钱的草去买。第二类是泥石类，泥要深土黄泥，能做砖瓦的那种。第三类是鸟兽虫类。鸟兽只取毛当钱，虫可任选。石头钱一般不用，赶集从来不用石头，只有请了木匠篾匠到家里做活，给工钱就给一块石头，这当然是些好石头，猫眼石，鸡血石，洞石，玉石。沙子也不用，要等到别的钱用完了就用沙子。沙子多，用不完。聪明街的人把沙子不叫沙子，叫银行。听别处的人说去银行取钱，他们以为是去取沙子。那些人真穷，连沙子都用上了。

多少年来，聪明街的人一直不缺钱。那些枝叶，那些羽毛，那些泥石，那些虫蚁。他们靠这些盖出坚固的房子，养出强壮的牲畜，种出丰硕的庄稼。

他们还会一种聪明文，用这种聪明文编出了聪明歌。聪明街的人出门求学、经商、从军，做别的事，喝一点酒就会唱聪明歌，你虽然听不懂那些歌，但你能听懂欢乐，为你解忧，为你消愁。那些歌声能让你化为聪明歌，你成为一种声音，一种韵律，一首长歌。那些聪明文好像一种法力。

就算你是一个三川半人，也很难找到聪明街。当年大姨妈和王开明母子，是无意之中来到聪明街的。那里的路总是七弯八拐转来转去。聪明街前面是河，后面是山。河上没有桥，山上没有路。聪明街远看一条街，近看是云雾。就算找到那条唯一进聪明街的路，进去了也不一定会知道这就是聪明街，不赶集，街上一个人也没有，只是一片平地。聪明街的人上哪里去了，谁也不知道。

电视台想拍聪明街，拍个纪录片，他们一直没找到那个地方。

## 五十六　霉玉米

龙二拉住赵常的手说，我要先走一步了，我在那边给你盖个大院子，准备些好酒好菜，还备一匹好马，你来了，还是大都督。

赵常说，你哪能就走了呢？一路过来，也只剩你我两个了。

龙二说，快活人杨二哥先走了，我也要去。在那边听杨二哥唱三棒鼓。诗人彭努力一辈子看不起我，他也先走了，到了那边。我要请他喝酒，对他说，我龙二也算个好人。

赵常说，龙二是个好人，做过大好事的。

龙二说，诗人彭努力一直当我龙二是个无情无义的人，见钱眼开的人，为富不仁的人，鸟过拔毛的人，连草木见了我都会枯的人。他恨我。我狗屁不通。但是，我龙二一辈子不欠情，不欠人债。我做到了。

赵常说，你做到了。

龙二抓不住赵常的手，赵常就抓住他的手。

龙二说，大都督，人来到世界上，打了个转，又回去了。

龙二不说话了，龙二死了。

一个冬天，诗人彭努力死了，杨二哥死了。

真是老牛老马难过冬啊，人总是在冬天里死去。这个季节，草枯叶落，天地收了元气，真是个丧命的季节。

三川半产谷，也产玉米。玉米也叫谷，叫苞谷。玉米吃多了不坏胃，不坏人。玉米养人，霉玉米吃多了坏胃，也坏人。

诗人彭努力的胃坏了，吃多了霉玉米。杨二哥也是这样。龙二没吃多少霉玉米，他吃多了油水，把人肥死了。

赵自龙给他们治病，没治好。三川半的药，治不好霉玉米和肥病。

赵自龙来看赵常。他对赵常说，老爹，对不起，我的胃坏了，怕是不能陪老爹了。

过苦日子那些年，人什么都吃，也吃了很多霉玉米。赵自龙的胃，就是那个时候搞坏的，用药养着胃，养了这么多年，胃病养成了胃癌。儿子要他到美国去治病，他不去。那个日本人要他到日本治病，他也不去。天下的病都是病，这里治不好，那别处就能治好？三川半的病服三川半的药。用了活血化瘀的药，又用扶正祛邪的药，又用强胃健脾的药，都治不住霉玉米。开始吐酸，后来吐血。胃痛眼花，流鼻血。人不行了。一生行医救人的赵自龙被霉玉米打败了，小小的一粒米，能让人活命。小小的一粒霉玉米，也能要人性命。

人要死，所有救人的方法都不是好方法。一个医生，身边都是药，脑壳里都是药方。像一位雄兵百万的将军，守住自己的城池，敌人照样打进来，要消灭你。又怎奈何？死就死吧，很多人都死了，很多人又生了。儿子是老子生养的，要死了也得先给老人家报个信。老人家生了个儿子，被霉玉米搞坏了，努力修理过，还是不如老人家生养的那个儿子健康。儿子要走，得跟老爹说一声，先商量一下，再最后告别。

赵自龙说，老爹，我对不起爹，人不想死却要死。我死了，你还有何露姨娘，还有个孙子在美国。

赵常说，儿子，你是老爹的血脉。老爹没死，血脉怎么会枯呢？——那个小子，叫艾迪吧？他一直不回来看看，有信来吗？

赵自龙说，他要回来，要写个信，都要美国国防部批。不知道他在那边做什么？这么多年，他只来过两封信。一封信是他结婚的时候写的，一封信是他生孩子时候写的。他娶了个美国婆娘。

赵自龙拿出那两封信给赵常。老爹，那上面有他的电话和地址。他要不能回来，老爹去找他，有何露姨娘陪你。

何露在一旁听他们说话。她就这样，赵常同别人说话时，她就静静地听着，不说一句话。无声胜有声，也是一种交谈方式。赵常也喜欢她这个样子，这个样子才像小姑娘。

　　赵常把两封信递给何露说，你看，这两封信就是凭据，这小子在哪里都是我们家的孩子。你陪我去美国，见了他我要拧着他的耳朵，把他拉回来。我就不信美国国防部能把我们家的孩子抢走了。

　　何露笑笑。如果她给赵常生了孩子，也该有孙子，就不用同人家国防部争抢孩子了。她笑笑，没说什么。

　　她只能笑笑，除了笑笑，她不知道能说点什么。这世界就是一张脸，太阳是醒着的，月亮是睡着的。人同这张脸，天天照面，说理会了吧，也理会了。说没理会吧，也没理会。一切都跟她没关系。她只有赵常这个男人，这个男人就是她的世界。这个男人叫她小姑娘，她一直就是个小姑娘。她看着手里的信，从来也不会有什么人给她写信，要有信，一定是赵常写给她的信。两个人在一起，就不要写信，就不要送信的人。要是两个人离得很远，有信从远方来，一直传到你的手里，这是一件多么奇妙的事情？美国有多远？送信的人真了不起，能把一片纸从很远的地方送到很远的地方。

　　赵自龙真想起要对何露说什么又记不起来。霉玉米把人的记忆力搞坏了。

　　赵自龙说，何姨娘，艾迪是我儿子。他再也记不起自己要说什么话，就这么说了一句。

　　何露说，我知道，一个有出息的孩子。

赵自龙现在想起来他要对何露说什么了。

何姨娘，你陪老爹去看看艾迪，我不能陪你们了。

赵自龙医生的葬礼，有很多人来。很多人把他送上山，埋进土坑里，一个很深的土坑，一座很大的坟。人们找了很好的石头，砌成一大圈坟墙。

第二年，赵自龙医生的坟上长出一株玉米。很茁壮，一共结出五个玉米棒子，每个玉米棒子都结了红胡须。那玉米秆的顶上有一朵很大的青白色花链子。红胡须里是雌花，顶上那一大朵是雄花。顶上的花粉落在红胡须上，那一根一根的红胡须连着每一粒玉米的胚芽。

玉米就是这样繁殖的。

一粒粒玉米像一个个金色的日子。

霉玉米是一个坏天气。


## 五十七　一些品种


像赵常整理那些陈年旧事一样，土地整理植物。那些文史资料把同一类旧事装在一起，土地把同一类植物集在一起。人用文字把故事记下来。土地文字就是那些植物，它们把土地编写成书。植物是土地的记忆，它们给土地命名。三川半

有许多地名是植物的名字：枫香坪、樟树坳、茅草坡、荞子
土、韭菜园……

三川半的野生植物，一定是本土的品种。地球上长出的
第一株植物在什么地方？它的后代一定是在这个地方，这个
地方保存着最古老的植物种子。

人们种植的植物，多半是本土的品种，外来的品种叫洋
品种。土豆不土，叫洋芋。有一种红薯叫洋红薯。玉米呢？
这个品种常常同地球那边的品种混在一起。鸦片当然也是洋
品种。黄牛是本土品种，黑毛猪是本地品种。有一种叫约克
夏、叫巴古夏的白毛猪是英国种，洋人个大，洋猪也个大，
肉多。

有些洋品种来了很久。赵常在很小的时候就吃洋芋，吃
洋红薯。那些洋品种成为本土的记忆。

别处的品种，在这里也能丰收。成为土地的新文字，成
为《齐民要术》的补记。

粮食就像雨，在这里落下来，也在那里落下来。我们去
很远的地方不要背一袋子米，别处也一样吃饭。

赵常这几天心里有些不快乐。儿子死了，孙子呢，成了
别人的国家的养子。

湘雅医院的张亚林博士从美国回来，他和艾迪一起喝过
咖啡。他捎了个口信回来，这是关于艾迪的确切消息。

不管怎样，他是我赵家的品种。

赵常想。

## 五十八　人可以嫁接吗

当年的苏联有位植物学家叫米丘林，他把苹果和梨嫁接起来，最后结出了一种果实，叫梨苹果。梨的形状，苹果的味道。

这位植物学家的故事一度入选中国的小学语文教材。

梨苹果远远没有中国院士袁隆平的杂交水稻的意义重大。中国人搞吃的，外国人搞玩的。

人可以杂交，出混血儿。人不能嫁接。比方说，把一个瞎子和一个瘸子嫁接起来，一双好腿，一双亮眼。再高明的医生也不敢这么做。

亮瞎子是笑死的，他最后的那几天一直在笑。

多年前的杨二哥给亮瞎子讲了个段子。瞎子和瘸子一起过河。他们想了个好办法，瞎子背瘸子过河，两得其便。瞎子背着背着，突然对背上的瘸子说，河里有女人洗澡。瘸子问瞎子，你没瞎？你怎么看见女人洗澡？

杨二哥问亮瞎子，你说，瞎子怎么看见女人洗澡的？

亮瞎子问杨二哥，怎么知道河里有女人洗澡？

杨二哥说，等瘸子老五回来，你背他过河，要是河里有女人洗澡，你就知道了。

多少年以后的一天，亮瞎子想起了瘸子老五，想起杨二哥讲的段子，他明白了，想通了。好笑，一想起就笑，那几天他不停地笑。

要和瘸子老五的身子接起来就好了。上半身是他的，下半身是我的，上半身的好处归他，下半身的好处归我。有好车，我先坐，有好房子，我先进去。好女人呢？他碰上边，我碰下边。

瘸子老五是大官，他要动，我偏不动，他要走，我偏不走。他只能动动嘴，做做眼色。

这好笑不？好笑，比杨二哥那个段子还好笑。

瘸子老五看见女人洗澡，下边就会硬起来，顶在瞎子的背上。瞎子当然知道女人脱光了衣服在河里洗澡，瞎子聪明。

亮瞎子边想边笑，别人问他笑什么，吃了笑和尚的尿吧？

亮瞎子说，我又不是女人，吃和尚的尿？

说了就笑。越想越好笑，笑得停不住，被笑堵住了气管。

亮瞎子笑死了。

人们给他堆了一座坟，埋在医生赵自龙的坟旁边。

亮瞎子快死的时候，想见瘸子老五，想见州长向世林，想见赵常，想见许多他见的人，他一个也没见着。他走得太快了。

瘫子老五没生什么病，中午在沙发上睡着了，再没醒来。

陈大任、曾可以都赶来参加他的追悼会。人在城里死了要火葬。骨灰送回三川半，建一座大坟，也在亮瞎子的新坟不远处。

送走瘫子老五，陈大任、曾可以不久也走了。陈大任活了九十八岁，曾可以活了九十六岁。他们安葬在革命烈士公墓，立了墓碑，刻了墓志铭。

这几个前后走了的人，都在报纸上发了讣告。只有亮瞎子没有。亮瞎子死了就死了，没那么复杂。人都会死，有各种各样的死。

亮瞎子是笑死的。

那个时候杨二哥参加毛泽东思想宣传队，他把那篇有名的《为人民服务》唱成三棒鼓词：

> 人固有一乜死呀，
>
> 或重呵如泰山呀，
>
> 或轻也如鸿毛呀。
>
> 为人民利益而死比泰山还重，
>
> 为自己利益而死比鸿毛还轻，
>
> 咚咚咚，咚咚咚，咚咚咚咚咚咚……

## 五十九　一块亮晶晶的东西

不知道是世界出了毛病，还是人出了毛病？赵常总觉得哪里不对，浑身上下不舒服，把手脚不知放在哪里？热的时候太热，像把人放进炉灶里。冷的时候太冷，人好像冻在雪地里的麻雀。这老天呢，也一年四季发脾气。要雨的时候，偏偏干旱，要晴的时候，偏偏涨洪水。

何露每天早晨陪赵常爬山。到了山上，赵常练太极拳，何露在一旁练瑜伽。

这两种功法，练人内气，接天地之气，成生命之气。

练过之后，人还是不舒服。人不可以长生不死，但不死的时候一定要舒服。鞋穿在脚上不舒服可以换一双鞋，人不舒服该换什么？

吃过晚饭，何露陪赵常到河边散步。以前河水清亮亮的，有鱼跃出水面。水鸟时不时袭击一条鱼。

现在河边也不舒服了，河边堆满了垃圾，水上漂着垃圾。没有鱼，也没有水鸟，河水很慢地流，水黑得发臭。

赵常不爱去河边了。

赵常看着檐下的蜘蛛网，一只大蜘蛛在捕捉粘在网上的大苍蝇。

赵常对何露说，小姑娘，我们搬家吧？

何露说，我们去哪儿？再搬回省城？那里医院好，医生也好。好好调理调理，再搬回来。

赵常说，有比我的儿子更好的医生吗？我在这里都调理不好，还上哪里调理？

何露说，那我们就坐一条大船，船到哪里，人就到哪里。

何露总是会想起大船，她就是在大船上和赵常在一起的。她从此不再是红颜薄命，因为红颜成知己，人间多少恩爱意。总是笑笑的何露想哭，想哭就有了泪水，止不住泪流满面。

赵常搂过何露，他好久没这样搂他的小姑娘了。小姑娘有了许多白发，真是朝是青丝暮成雪啊。

赵常说，要是有那样一条船，能开回以前的日子里，我们像渔夫一样打鱼，和农民一样种庄稼。油菜花多好看啊！

何露说，要那样，我再给你娶个小姑娘回来，我老了。

赵常从何露头上扯下一根白发。

赵常说，人哪能不老呢？我和你这些年就像是一起爬山，走路。我怕自己走得太快了，把你一个人丢下来。我就走一走，停一停，看一看你，拉着你的手，你拉着我的手。你就像是留客，把我留在这世界上。这世界就像你的一间屋子，满屋子里是你的味道。我喜欢这间屋子。

274

何露说，你才是我的家。

那一天早晨，何露陪赵常很早去爬山。锦鸡还未下树，何露第一次看见在树上的锦鸡。惊动了它，锦鸡飞起来。红霞金光，世界上最美丽的鸟。为什么有人要猎杀它？锦鸡晚上在树上睡觉，黄鼠狼、野猫，或者别的动物就不能捕捉它。只有人能用装了火药和霰弹的枪射杀它。锦鸡的肉很鲜，锦鸡很美，它的肉也很美，这就危险。

锦鸡住在一片森林里，它会永远地守在这片森林，这片森林就是它的家。有时候它会突然飞起来，飞得很高。它就是这样一次一次逃脱猎杀、人或者别的动物。

何露还认得一种叫作阳春的金甲虫。能飞，很漂亮，像绿宝石。它们会在树上，吃一种亮晶晶的树脂。

何露在练瑜伽的时候，拾得一块亮晶晶的东西，是一大块树脂，里面有一只金甲虫。

赵常说这是琥珀，几万年前的树脂和金甲虫。

何露拾起那块亮晶晶的东西，她把它带回家，装在首饰盒里。

几万年，就是神仙物。几万年是多久？美丽的东西死了几万年还是美丽。那美丽的呼吸凝固成亮晶晶的，一动不动。

## 六十　有种东西叫基因

中医还没完全把气血讲清楚的时候，有人找到了一种叫作基因的东西，人、动物、植物都有这种东西。这种东西好像是生命的意志、意愿。比方说，一株植物要开花，那是基因要开花。它要开花，并不是因为它要开花，它为什么开花？因为它要开花。不是这样，是先有蛋，还是先有鸡？是先有基因。

三川半女人漂亮，是基因。长寿，也是基因。

把好的基因找出来，再还给人，人就美丽、聪明、年轻、善良。等人一天一天变得可爱变得聪明的时候，神就会把好的东西一件一件地交给人，让人类自己经营幸福。神不会把一条鱼送给一只猫，不会把刀送给孩子，不会把手枪送给劫匪。

找到基因这种东西，人们开始制造幸福，让西红柿长得像南瓜这么大，让兔子长得像牛那么大，让马长出鹰的翅膀。

奇迹再不是奇迹。神创造了人，人又会自己创造，这是神始料未及的。有几本书说神死了，神话也没有了。神怎么会死？神话天天有。

出现了奇迹，人们就会兴奋。奇迹一个接一个，人们就开始恐惧。一恐惧就出谣言，人类要完蛋了，赶快地吃点喝点。

找到了核子这种东西，人们就造核弹。人上了天，就把斧头悬在人们头上，找到了基因，传说有人要造基因炸弹，制造基因士兵、基因将军、基因总统；制造一些专门投反对票的议员，制造一些专门吃钱的银行家；制造一些骗子，制造一些海盗，制造一些战争瘾君子，制造一些赌徒和妓女。

到那个时候，神仙再来收拾局面。

水与火的办法，神仙都用过了。神仙的水净法，是齐天洪水，淹死所有人，留一男一女再造人类。火净法是天降三天三夜棉花，再降三天三夜油，再降三天三夜火。

这些办法用完了，神还会用什么办法？

千真万确不是谣言，是有人要建基因库，来了几个人带了许多钱，到三川半买基因。他们只要赵常的一根头发，要何露的一片手指甲。

赵常、何露说，不卖，爹娘的东西怎么能卖？他们还要买梭罗树，买锦鸡，买那叫阳春的金虫，买何露拾到的琥珀。州长、县长、乡长、村长、老百姓都说不卖。

那几个人只好带着钱走了。他们走了，又有人来了。再来的人也一样走了。

三川半人只听说过有基因这种东西，基因是什么样子，他们谁也没见过。反正不能卖，卖了社会出大事。

赵常没卖他的一根头发。这根头发让他想起在美国的孙子，那不就是他的基因吗？那么大一块基因就让人家国防部用了，还不让回来。

他要去美国，找国防部，找他们总统，把孙子要回来。

赵常和何露收拾好行李，到银行换了些美国钱。美国钱不叫人民币，叫美元。

州长向世林帮他们办好护照，湘雅医院的张亚林博士陪他们到美国大使馆办了签证。张亚林博士送他们上飞机之前，又给艾迪打了电话，说老爷子就去看他。

张亚林博士还为他们选好时间，这边是夜，到那边正好是白天。

赵常和何露出了机场出口处，赵常一眼就认出了艾迪，艾迪也很快认出了他。什么叫基因？这就叫基因。相隔这么多年，在这许多人当中，爷孙俩很快就相认了。

芭比现在已经是芭比太太。

艾迪对芭比说，这是爷爷奶奶。赵常打量芭比，这金发碧眼的美人，也像三川半的女孩一样漂亮。芭比打量何露，她对艾迪说，奶奶？这么年轻漂亮的奶奶？她像个小妹妹。艾迪说，奶奶是仙女，仙女怎么会老？

芭比去拥抱爷爷奶奶，还在他们的脸上亲了一下。弄得何露和赵常不知所措。

艾迪说，你可别吓着爷爷奶奶。

美国不像想象中的集市，美国和三川半一样，不吵。

艾迪住的地方也像三川半的那座大院，很大，有很好的阳光和花草。

艾迪告诉赵常，他请了假，好好陪陪爷爷奶奶。

知道爷爷奶奶要来，艾迪领芭比到唐人街的中餐馆吃了几次饭，告诉她怎么做中国菜。

第一顿饭，赵常和何露吃到了地道的中国饭菜。芭比习惯给汤里添点牛奶，有点甜，还能喝。

爷孙俩说很多话，艾迪不停地问三川半，问老爹埋在什么地方？他要在某一个清明节回去为老爹扫墓。老爹叫他游泳，闯卯洞，他一游就游到美国来了。听爷爷说三川半有了高速公路，种了很多树。艾迪说，美国也修高速公路，也有很多树。三川半和美国一样好。赵常问艾迪在美国做些什么？做多大的事？艾迪笑笑，只说是科学研究，老板是国防部。赵常问，你们老板是管什么的？管打仗的吧？艾迪又笑笑，爷爷猜对了，管打仗，也反打仗。我的工作就是研究出一些东西，制服另一种东西。我小的时候，爷爷给我讲封神榜的故事，姜子牙总有办法降服别人。赵常说，你是在美国当姜子牙，帮他们打别人。我给你带了两本书，一本是王安石的《青苗法》，一本是贾思勰的《齐民要术》，你好好研究研究，告诉美国人怎样种庄稼。我们那里出了个袁隆平，种水稻，让人人吃饱饭。美国这么宽的土地，为什么不好好种植呢？你要在美国做事，就要换个老板，他们有没有农业部？你要不换老板，我明天就带你回去。我去找美国总统讲道理，看他敢扣留我的孙子？艾迪还是笑笑，爷爷，我是您的孙子，我也是美国公民，我宣过誓的。赵常说，那好，你也给我宣个誓，说你是我孙子！艾迪笑笑说，爷爷，我向您宣誓，我是您孙子！艾迪做出宣誓的样子，把赵常和何露逗笑了。芭比先看爷孙俩像吵架，看到他们笑了，也跟着笑。

艾迪收下爷爷的两本书。爷爷，您这两本书我有大用处呢。

过了几天，艾迪和芭比请爷爷奶奶到一家有名的西餐馆吃饭，喝汤，吃面包，吃牛肉。不好吃，也不难吃。艾迪说，我知道爷爷奶奶不喜欢吃美国饭，我是要您两位老人家知道美国饭的吃法，到时候有个人要请两位老人家吃美国饭。

赵常问，我在美国只有你这个孙子，还会有别的孙子请我吃饭？

艾迪说，到时候您就知道了。

又过了几天，艾迪为爷爷奶奶买了两套唐装，要爷爷奶奶换上，说美国总统要请他们吃饭。何露说，怎么能让人家总统请吃饭呢？麻烦人家。赵常说，总统不就是天天请人吃饭吗？没有人吃他的饭才麻烦呢。我们去和他吃个饭，我付我的饭钱，他还我的孙子。

艾迪笑笑，爷爷，您给我的两本书，就当送给总统的礼物吧。

总统是有东方血统的美国人，还会说汉语。总统夫妇很热情地招待从三川半来的老者，他们身着唐装，设中国宴席。用餐时不涉及筷子问题或刀叉问题，各人请便。

总统举杯致辞，我非常欢迎来自一个伟大国家的长者，为美国养育了一位杰出的公民，他为美国做出了骄傲的成绩。我要谢谢尊敬的赵常先生，美国也是个伟大国家，能让人实现他的梦想，能让年轻人做出骄傲的成绩。

赵常举杯回敬总统，总统先生，我和我的夫人非常感谢总统先生的盛意，也感谢总统先生看重我的孙子。总统先生，我来自我们伟大的国家一个叫作三川半的好地方，总统先生也可以把您的孙子送到三川半来，他也一样会做出骄傲的成绩，他的梦想也会像山花一样开放，他的成就也会像瓜果一样成熟。

赵常把《齐民要术》和《青苗法》两本书送给总统，总统把一座自由女神铜像送给赵常。

总统说他知道这两本书。多年前美国也有困难时期，当时的美国总统就读过《青苗法》，对农民发放农业贷款，帮美国度过了经济危机。

赵常说，这本《齐民要术》，讲的是与种植和吃饭有关的事。我们国家，几千年来就关心这个事。

总统说，我知道，你们国家还出了个袁隆平。

不远处有些人喧闹，总统仍然笑容满面。他说，他们不知道我有尊贵的客人，打扰您和夫人了。他们和我一样，很欢迎您和夫人。他们是对他们的总统有些不高兴，他们在喊口号，要让我听见，他们要什么和不要什么。

赵常说，美国人民可以吵他们的总统吗？

总统说，美国人民？他们是公民，是我的选民。总统的工作就是要让他们高兴，他们也让总统高兴。

赵常说，外边那些人是对他们的总统不高兴了？

总统说，大概是吧。不过，美国人不会离这么近骂总统，要骂，也只在电视上、报纸上骂。骂的时候，他们会称总统先生。他们对总统不高兴，但他们对美国高兴。他们想总统像美国一样好。

赵常点点头，这位美国总统有点像说中国书。

何露和总统夫人说话。总统夫人问她，中国有凤凰吗？艾迪翻译给她听。何露说，她见过锦鸡，一种美丽又很胆怯的鸟。艾迪翻译给总统夫人听了，总统夫人说，小姑娘一样的鸟吗？

告别的时候，赵常对总统说，总统先生，我就要回去了，我想让我的孙子和我一起回去。

总统大笑，您当然需要您的孙子，美国也需要一位优秀公民。这事好难办，我们慢慢商量吧。还要听听艾迪先生的意见。

那个晚上，赵常做了个梦，在三川半的老院子里，有个叫赵常的人来找他。那人说，你就是赵常呀，找到你了，找到你了。赵常见了赵常很纳闷，我娘怎么生了个双胞胎兄弟呢？

早上起来，赵常对何露说，我做梦看见自己的魂魄了，人怕是要死了。我们得回三川半去，我那孙子是不能跟我回去了。

老爷子要回去了，怎么也留不住。艾迪领爷爷奶奶看纽约，看曼哈顿，看白宫，看五角大楼——这座楼就是他的老板。还看世贸大厦双子星座，这是纽约的城堡，又看唐人街。纽约净是房子，还有许多人。

第二天，回家的飞机，突然不能飞。纽约所有的飞机都不能飞。有两架飞机撞上世贸大厦双子星座。飞机炸了，楼毁了，很多人死了。何露和赵常在电视里看到了那个可怕场面。一位妇女躺在废墟里，她紧抱着她的孩子。电视里说，是恐怖分子干的。

赵常对艾迪说，一个人拿自己的性命当炸弹去轰炸一座城市，这是多大的仇恨呢？你这个美国就那么招人恨吗？

艾迪说，爷爷，我不想这样，美国不想这样，全世界都不想这样。

艾迪和芭比泪流满面，何露也止不住流泪。赵常没哭，他一生都没哭过，他只是忧心。

人老了，会有很多忧心。

他和何露回到三川半。

一路忧心。


## 六十一　信使


回到三川半，赵常耳朵老是响，轰轰隆隆，他得了飞机病。那么远来回折腾，人就像一团灰尘，聚拢来又散开去。

有个人来到老院子，那样悄无声息地影子一样地飘进来。赵常见过这个人，他在梦中见过他，他叫赵常，他的孪生兄弟。

那个人对他说，我是送信的，给你送一封信。

那个人把一封信交给赵常。人不见了。

那封信盖满了邮戳，贴的是大龙邮票。大清的邮差送出来的，它在路上走了多久？一封信走久了也会很累，它现在到了收信人手里也该好好休息一下了。

赵常躺在一块石板上，怎么会躺在这里？何露在他身边。他问何露，我怎么会在这里？何露说，是你要我陪你来这里啊。你躺在石板上睡着了。

赵常问，人呢？

何露说，只有我和你，哪有什么人呢？

赵常问，那个送信的人呢？

何露说，哪有什么人来送信？没看见啊！

赵常说，你看，信在我手里，那送信的人呢？

何露看见赵常手里确实有一封信，她觉得奇怪。

是什么人送信来了。

赵常躺在石板上，看着天上的流云。

这块石板，是他年轻的时候，第一次和刘艺凤做爱的那块石板。

有蚂蚁钻进裤裆，在他的蛋蛋上咬了一下。一只蚂蚁，也能当劊匠，劊人的蛋蛋。

何露紧紧握住赵常的手，眼泪一滴一滴掉在赵常的脸上，像雨。

赵常说，你要留我，我不想走。我要死了，你给一滴眼泪就够了，不要这么多。

何露流了很多泪，头发一根一根地白了，全白了，像雪。人一下老了。

她再不流泪，变成一尊石像。

赵常想起身，抱一抱他的小姑娘。

很多蚂蚁。

……

后来，三川半人在这块石板上修了一座墓，立了一块石碑。

三川半的树长起来了。

青山绿水。

河边，一个人在钓鱼。

那是州长向世林，他退休了。

几个种田的人过来跟州长向世林打招呼。

州长，我们不要缴农业税了，是真的吗？

真的，收多收少都是你们的。

一条大鱼。

沿河两岸，油菜花开得热闹，遍地青苗。

公元2006—2011年　完稿

长沙　东风二村